中国寻茶之旅

老瓯 著

北京日报出版社

图书在版编目（CIP）数据

中国寻茶之旅 / 老瓯著. -- 北京 ： 北京日报出版
社，2020.7
ISBN 978-7-5477-3668-5

Ⅰ．①中… Ⅱ．①老… Ⅲ．①散文集－中国－当代
Ⅳ．① I267

中国版本图书馆 CIP 数据核字（2020）第 089033 号

中国寻茶之旅

出版发行：北京日报出版社

地　　址：北京市东城区东单三条 8-16 号东方广场东配楼四层

邮　　编：100005

电　　话：发行部：（010）65255876
　　　　　　总编室：（010）65252135

印　　刷：武汉市金港彩印有限公司

经　　销：各地新华书店

版　　次：2020 年 7 月第 1 版
　　　　　　2020 年 7 月第 1 次印刷

开　　本：880 毫米 ×1230 毫米　　1/32

印　　张：10

字　　数：230 千字

定　　价：58.00 元

生活的底片原本是单色的
就像一张干净的白纸
需要用一颗纯粹的心
去绘制让我们自己倾心与动心的色彩与画面
一边画，一边独自静美地欣赏
然后告诉自己：
生命是珍贵的机缘，生活是美丽的风景

2019 年 12 月 12 日于柳州

心，属于自己

曾几何时，有了这样一个令人讨厌的毛病，开口闭口就是"自己曾经如何如何"，感觉好像马上要活到头了似的。

何故？静下心来细琢磨。原来，不知不觉中发现，过去越来越多，未来越来越少了。于是惶恐之中便把自己的心弄丢了。

"年轻时，我的生命仿佛一朵鲜花，当温暖的春风来到门前乞讨时，从富余的花瓣中大方地撕下一两片，从不觉得这是一种损失。现在青春已逝，我的生命仿佛一颗果实，早已没有什么可以给予，只等和沉甸甸的甜蜜一起奉献出去。"

泰戈尔的诗说得没错，的确已没有几片花瓣了。尽管我们无权决定生死，但有权决定怎样活着。因为人生一世其实很难有什么来日方长，更多的却是世事无常。不能只停留在对过去的回忆之中，更不能慵懒地把很多想做、该做的事都留给无法预知的未来。立刻把身躯交予无垠的苍穹，然后，在一路风尘之中认真地把自己的心找回来。你的心，只属于你自己。

再见，昨天。与昨天郑重地告别，是对明天庄重的承诺。

听到了吗？苍穹在呼唤你，你的心也在呼唤你，背上行囊，带着爱，让自己的心给自己引路，出发。

目
MULU
录

中国寻茶之旅

1. 匡庐云雾中的云雾茶

　　收拾屋子的时候，一张硬纸片从书架深处的一本书中蓦然飘落，有些意外，有些好奇，俯身拾起，细细端详。

　　那是张略有些褪色的老照片，是多年前我与妻初识不久在庐山拍的。照片里的妻还是个小女孩，那单薄与青涩似已非常遥远，而看到自己当年的意气风发，甚至都有些陌生了。

　　徒然惊觉，生命的光阴流逝得好快，快得让我们几乎都要忘记了自己青青年少时的样子。

　　就连庐山似乎都已经模糊了。

　　烟波浩渺的鄱阳湖畔，有一处神秘的所在——庐山。之所以神秘，源于陶渊明笔下的桃花源。

　　这世上真的有隐逸出世的世外桃源吗？

　　没人能回答这个问题，我却始终觉得，一定有。

　　我对庐山的神往，始于小学的一篇课文《庐山的云雾》。

　　"庐山的云雾千姿百态。那些笼罩在山头的云雾，就像是戴在山顶上的白色绒帽；那些缠绕在半山的云雾，又像是系在山腰间的一条条玉带。云雾弥漫山谷，它是茫茫的大海；云雾遮挡山峰，它又是巨大的天幕……"

　　这篇妙笔生花的文章不知让我对庐山魂牵梦萦了多少年！

"横看成岭侧成峰，远近高低各不同，不识庐山真面目，只缘身在此山中。"苏东坡这首无人不晓的《题西林壁》，更为庐山添了几分迷雾般的色彩。

庐山，那婆娑缥缈的云雾就像深不可测的爱情，加上那部曾让60、70后向往不已的电影《庐山恋》中的庐山恋，庐山成了爱的归巢，庐山云雾成了爱的迷幻剂。

庐山云雾，千姿百态，变幻无穷；如烟波飞瀑，缥缈飞絮。"丁山烟霭中，万象鸿蒙里"，整个庐山就淹没在如梦如幻般的云雾之中。庐山云雾茶，就是从这云雾中飘然而来的人间甘霖。那么，庐山重重云雾滋润出的庐山云雾茶，又是怎样的一种味道呢？

明代李日华所著《紫桃轩杂缀》中曾云："匡庐绝顶，产茶在云雾蒸蔚中，极有胜韵。"庐山凉爽多雾的气候及日光直射时间短等自然条件的影响，形成了庐山云雾独特的品味。可用"六绝"形容此茶：条索粗壮、翠绿多毫、汤色清亮、叶嫩匀齐、香气高凛、醇厚持久。

庐山云雾的产区主要在含鄱口、五老峰、汉阳峰、小天池、仙人洞等地，这些地区有雾的日子全年过半，常年云雾蒸腾，云海茫茫。尤其是五老峰与汉阳峰两山之间终日云雾不散，所产的云雾茶品质最佳。

不同的茶品饮的内涵不同，品庐山云雾，品的就是云雾中那蒙眬缥缈之美，像雾，像雨，像云，又像风。

见与不见，总在念里。2007年夏，我和同样爱茶的她终于一起登上了庐山，不仅为了感受云雾中的庐山，充满爱的味道的庐山，也为品酌那云雾之中像爱情一样超然飘逸的茶。

先从北京坐了一夜火车到达九江，在九江火车站的一个宾馆暂作休息，再转乘旅游巴士赴庐山。

美庐、花径、三叠泉、三宝树、五老峰……如光影掠过。最吸引我们的是五老峰下中国宋代四大书院之首的白鹿洞书院，凉风徐徐，廊阁幽幽，果然是捧卷吟读的灵气之所。

如琴湖边，我给她讲起了郭凯敏与张瑜飞奔着冲向对方，最后两人喜极而泣、美丽相拥的感人场景，我们一起长久地体会着、感动着。波光潋滟的如琴湖好似久别重逢的故人，而非一见如故的新友。

傍晚，在著名的"庐山恋影院"看那部据说是全世界播放次数最多的电影《庐山恋》，很应此情此景。

看完电影，两人手牵着手在凉爽山风的陪伴下漫步在千娇百媚的云中之城——牯岭街。凭栏远眺、极目长江，目之所见重峦叠嶂、枫叶似火，好似与尘世隔绝，尽享着只有两个人的天地风月，那是一种让人终生难忘的感动。

心爱之人相伴的旅行是没有什么可以替代的记忆。

我始终信奉：爱情，不能幼稚，但必须有几分天真，否则就不是爱情应有的滋味，尤其身处于这个越来越物质的世界。就像凉拌菜，如果没有佐料，依然可以果腹，但对某些人而言却难以下咽。

爱的余温未散却"乐极生悲"。就快要回到宾馆的时候，我们俩发生了争执，就是为了一点儿鸡毛蒜皮的小事儿，气氛陡然变冷，两个人都不说话了。后来偶尔回忆起这件事，我们俩都想不起来，当时到底是为了什么而起的争执。

反正没人理睬，回到宾馆，我干脆躺下就直接睡了。

睡到了半夜，隐隐听到她的声音："过来抱我！"

已睡得迷迷糊糊的我没有听清，还以为自己是在做梦。

"跟你说话呢！没听见吗？"她提高了音量。

这回我听到了。"你说什么？"我睡眼惺忪地问道。

"我说过来抱我！"她大声地嚷嚷起来。

这回我总算听清楚了。

庐山的夜晚很冷，恰好宾馆的空调不好用。她本来就怕冷，一个人缩成一团躲在冰冷的被窝却越躺越冷。转过身看到旁边床上呼呼大睡的我，就一直忍着，直到最后忍无可忍！

看着她瑟瑟发抖还横眉冷对的样儿，再听到她的这句话，我禁不住哈哈大笑，睡意全无。

"还笑！"她真有点生气了。

"好，好，好，不笑了，快到我被窝来。"我赶紧掀开被子开始哄她。

"不！你过来！"她却又开始使起了性子，两只大眼睛还气鼓鼓地瞪着我。

"好，我过来。"我一边说，一边钻进了她的被窝。王尔德都知道：女人是用来爱的，不是用来理解的。这个台阶我可是一定要下的。

搂过来已冻得打战的她，紧紧地抱在怀里。慢慢地，她便不再颤抖，缓了过来。躲在我怀里的她忍不住又开始埋怨起来："真狠心！就知道像头猪一样蒙头大睡，看都不看我一眼！"

"好了，别生气了！都是我的错，今晚我就抱着你睡吧，保证你不会再冷了。"

她破涕为笑，安静地钻进我的怀里，香甜地睡了。

都说"女人心，海底针"，我倒觉得女人的心更像这庐山的云雾般飘忽不定，实在让人捉摸不透。或许这云雾般的感觉就是女人独有的味道吧！算了，既然捉摸不透就不捉摸了。反正那个夜晚是个温馨的夜晚、甜蜜的夜晚、难忘的夜晚，满满幸福相伴的暖暖的夜晚。

庐山，真的是个让人不由自主就会萌生浓浓爱意的所在。若不信，就泡一杯庐山云雾茶，然后轻轻闭上眼睛细细地品，一定能品得到那说不出的、如云雾般爱的滋味。

醇厚如云，神秘如雾，随风入夜，沁人心脾。

12 年过去了，我的她也变成了我的妻。

曾有人问我，这么多年为何如此宠妻？

有吗？我并不觉得。

他们便换了一个问法："你到底爱她哪一样？"

年轻之时会有很多答案：温柔、知性、美丽、贤淑、善良、可爱……而且还总觉得没有说完，没有说够。现在的答案却是三个字：说不出。

世间如此美好的情感怎可能用语言描述得出来？自古以来至美难言，就像那庐山的云雾、庐山的茶，到底是什么滋味，同样说不出。

更何况，人生两大快事：与心爱的人做夫妻、与浪漫的人去旅行。再加上与知己一起喝钟情的茶，这些事与我的她在一起竟全做了！怎么搞的？那么多可遇而不可求的幸事一时间全都涌到了我的身边！

黄天厚爱啊！

看到这儿，是不是觉得我有点……

我虽不似宝玉，但也"任凭弱水三千，只取一瓢饮"。任凭世人万千，只愿与你终老。我就喜欢一往情深地爱着我的女人，日月变换，时光如梭，无论何时，她都是我最可爱、最纯真的小女孩儿。只要余生还有力气，我就会拉着她的手，走遍天下，徜徉烟云，氤氲温暖。

这就是我为自己选择的生活方式。

2. 婺源乡村让人赖着不走的茶

英国诗人库柏写过这样的诗句："上帝创造了乡村，人类创造了城市。"

原来看到这两句诗并没有太多的认同感，还觉得有些夸张，直到在城市生活得久了，连情感都有些麻木之后，偶尔再来到乡村，才有些明白乡村与城市之间那天堂与人间的差别。

行色匆匆的城市的日子是手机里电子日历所记载的日子，只有那些没有触动内心情感的数字：几月几日，星期几，所以城市的日子总感觉像是在灰色的版画里，缺了几分生气。

城市的日子总是在拼命地往前赶，明天要做什么，后天有什么在等着我，下个星期、下个月、明年……你等着的和等着你的日程似乎已排到生命的尽头。

　　而乡村的日子是光阴流过的日子，就像罗大佑的歌里唱的那样："春天的花开，秋天的风，以及冬天的落阳。忧郁的青春，年少的我，曾经无知地这么想。流水它带走光阴的故事，改变了一个人，就在那多愁善感而初次等待的青春。"

　　乡村的日子裹着浓浓的情怀，那沃野平畴上的日出日落与四季轮回，可以让你真切地体味到多愁善感的流水、风花雪月的流逝、发黄的照片、古老的信笺，还有改变了我们的故事。

　　乡村的日子在慢慢地往回流淌着，过去、曾经，而那些过去与曾经不是渐渐模糊，而是愈来愈清，愈来愈亲。清得就像一眼见底的山泉，亲得我们都满怀着珍惜之情，把它们悄悄地安放在我们内心预先留好的地方，不时一个人默默地拿出来，独自静静地咀嚼与回味。

　　在乡村我们可以心无旁骛地畅快呼吸，可以随心所欲地安放自己的身体与心灵，恰似"人生到处知何似？应似飞鸿踏雪泥，泥上偶然留指爪，鸿飞那复计东西"。

　　城市是我们的居所，乡村更像是我们的家。

　　怀着这样的乡村情结，我来到婺源，来到婺源的乡村。

　　乡村给每个人的第一份礼物，就是树。尽管城里也有树，但乡村的树与城里的树是不同的。首先是颜色，尽管都是绿色，但我总觉得城里的树是墨绿色、灰绿色，而乡村的树是翠绿色，更富有生机。还有，城里的树大多都经过修剪，看起来都有些似曾相识，还有点矫揉造作的感觉；乡村的树是任其生长的，虽有很多开裂的树干，横七竖八的不规则或者说不符合城市美学特点的树枝与树杈，却更生动、更自然。

还有花儿。城里的花儿那可是稀罕之物，唯恐受到伤害，所以不是被围在了街景的一隅，就是被栽在自家的小花盆里，如果想看自然的花儿，就只能选个周末休息的日子，带着一家老小去公园。在乡村，花儿却随处可见，随时可以亲近。尽管没有城里的花儿那么的骄傲，也不会引发人们的赞叹，撩拨着大家纷纷拍照、合影、发朋友圈；花儿的家也异常寒酸，就是寻常的池塘边、田野中，甚至开在水沟边、荒草丛、破屋顶、院墙边，但乡村的花儿似乎更温暖、更自然、更随性、更放肆，更加贴近我们的心。

总之，我觉得城里的花儿像富贵人家高不可攀的大小姐，与我何干？乡村的花儿才是我生活的一部分，好亲切。

看着河边低矮的房子，突然想起城市里的高楼大厦，一个挨一个的窗户密密麻麻的就像个巨大的蜜蜂窝。每个城里人，每天就像蜜蜂一般，早晨飞出去采花蜜，夜晚回到那狭窄而拥挤的空间里休养生息，以便第二天能有继续采蜜的力气，就连我们自己都禁不住赞叹自己的勤劳与不易。

就算昨夜筋疲力尽，早晨起来，你依然得神采奕奕地踏出蜂巢。因为门外的城市依旧车水马龙，人流如梭，你必须得去觅食、采蜜。

触景生情想起这样两句诗："绿草在陆地上寻找她的伙伴，树木在天空中寻找他的幽静，人，将他自己封闭起来。"

一辆小马车从不远处的乡村小道缓缓而过，车上坐着一个老汉，眯缝着眼睛，随着小马车摇晃的节奏，东倒西歪得似乎睡着了。小马车渐行渐远，眼前如一幅悠然自在的乡村油画。我突然冒出了一个莫名其妙的问题：老汉的儿女此时在哪里？是不是也在城市里做着勤劳的蜜蜂，以期有一天接老人去城里享福？但他们却不知自己的爹此刻有多幸福多知足呢！

村里古朴而宏伟的祠堂日复一日，年复一年，默不作声地保佑着婺源的山水风调雨顺，祝福着婺源的人平安团圆。平安团圆可是安之若命的乡村人最企望满足的心愿。

到了晚上，乡村一片蛐蛐的叫声，那叫声很大，但却显得格外的空旷与宁静。

为什么会有这样的错觉？蛐蛐的叫声难道不是声音吗？

那是因为我们不知道，自己的耳朵早已被都市里机械发出的各种声音折磨得多么可悲，对这自然之声、天籁之音有多么的神往。

乡村的夜晚很黑，因为这里没有那么多高楼大厦的灯光，没有公路上川流不息的车灯，没有商业街上通宵达旦让人难辨昼夜的霓虹灯，没有……只有月光与星光。但正因为如此，乡村的月光与星光才显得格外明亮，远比城市里看到的月光与星光晶莹得多，皎洁得多，让人感觉可爱得多，欣喜得多。

置身于这样的月色，一定要有茶，否则实在是对不起乡村这无与伦比的月光与星光，对不起自己的生命。把生命中的每一次遇见都过成良辰美景，才是对生命最高的敬意。

喝什么茶呢？天朗气清的婺源乡村，不管喝什么茶都好！况且婺源也产茶。

婺源产茶的历史很悠久，唐代陆羽《茶经》中对婺源的茶就有过记载："歙州茶生于婺源山谷。"宋代，已为贡品的婺源绿茶成为全国六大绝品茶之一；清代，婺源的茶远销欧洲。

婺源主要产绿茶，婺源绿茶被列为中国国家地理标志产品。其芽壮叶厚，清新浓郁，饮着有一股乡村醇厚的自由的气息。其实，如此山清水秀之地又怎可能种不出好茶！

"一住寒山万事休，更无杂念挂心头。"

昨晚喝茶不知喝到了几点才睡觉，反正我觉得乡村的生活似乎是静止的，每到夜晚没有谁刻意去结束那一天，每到清晨，同样也没有谁刻意去开启新的一天。这种难觅的静止的感觉对我来说，就是：我才不去管他几点！这感觉就是普普通通的两个字："幸福"，而曾经的我们却随随便便就把这幸福弄丢了，以至于现在的我们拼命地试图找寻回来。

夜去了，晨来了。婺源乡村的晨是另一番滋味。

没有被闹钟刺耳的尖叫声从暖洋洋的被窝里揪起来，而是被偷偷钻进来的晨曦所唤醒。反正我抱定了一个念头：窗外的花儿几点起床，我便几点起床。其实花儿早就被露水叫醒了，我只是在耍赖而已。

赖在床上，就那样赖着阳光，赖着时间，赖着安静，赖着全世界，而此时的全世界也无非是晨光、花儿与我。

在婺源，我们可暂时，哪怕片刻地放下肩上所谓的责任与使命，偷偷浸润一下我们疲于奔命的身体。因为我们每个人都拥有偶尔让自己耍耍赖的权利，这个权利绝不能被剥夺！

都说，当下的人得到发自心底的快乐，好难。

真的难吗？在婺源，不过是"耍耍赖"而已。如果做不到"仰众妙而绝思"，至少可以"终优游以养拙"。

婺源的花儿、树、茶，婺源的晨与夜，还有婺源的露水与婺源的宁静，这些也许是别人毫不在意的东西，在我的心里却成了独自珍藏，没事儿拿出来偷着乐的宝贝。

也许这些才是生命中最珍贵的"礼物"。

3. 西子湖畔醉人的茶

　　这是今年第三次夜游西湖。奇怪，为何总是晚上来西湖？且还都是下雨天。不过雨天的西湖自有雨天的好，"水光潋滟晴方好，山色空蒙雨亦奇。"

　　下了车，还没容我去宾馆稍歇歇脚，朋友老Z便直接把我接到了西湖边上的餐厅。他知道我喜欢喝茶，而他喜欢喝酒，就特意选了一家叫"茶酒天地"的餐厅，为了能同时满足我们两个人的嗜好。虽知他已费尽了心思，但还是心存顾虑，担心在这里他的酒喝不好，我的茶也喝不爽。

　　我是个追求纯粹感的人，不太相信所谓的"两全其美"，我觉得所谓的"两全其美"一定会有迁就，一定会厚此薄彼，最终的结果通常是"两败俱伤"。因此，我不喜欢迁就别人，更不喜欢别人迁就我。但既然来了，只能客随主便。

　　环境、菜品很有档次。环境说不上什么风格，所谓的南北融合菜，在我看来形式似乎更时尚，口味却失了些传统杭帮菜的地道。只有叫花鸡和西湖醋鱼还算得上入流。

　　今年的龙井茶还没下来，肯定是去年的存货，口感一般但价格却高得离谱，现在的茶叶真的离寻常百姓越来越远，曾经那"柴米油盐酱醋茶"的时代早已一去不复返了。

　　有点难过，今天的中国人，喝茶竟成了一种奢侈的享受。

酒与茶的对饮开始了。

我以为喜酒之人喝酒就是为了摆脱孤单而给众人设的局，喜茶之人喝茶是为了满足自己的欢愉而为自己摆的席。没想到今天"酒"与"茶"这两个品与性完全不同的元素竟也能融合在一起，似乎还很融洽。

老 Z 真的不是嗜酒。大学离家，毕业后顺理成章留在杭州工作至今，事业不很出色，也没有成家，甚至没有买房。他乡遇故知，酒自然就成了他宣泄情感最好的媒介。成年男人有时需要自醉一场，好似计算机重新启动，可以释放空间。

曾有过 10 多年北漂经历的我，很能理解他的心境。曾经的我，看着北京火车站拉着拉杆箱的人如同潮水般涌来，又有太多的人如同退潮般离去。涌来时目光全是希望与激荡，退去时眼神却是暗淡与不甘。旁人眼中"漂"是"浪漫史"，身在其中之人才明白那是一种"痛并快乐着"的"血泪史"。记得我送走她后，独自坐在机场的路边默默地流泪，看着天空中飞过的每一架飞机，想她在哪一架飞机上，她一定坐在舷窗边眼巴巴地朝下望，她能看到我吗？

之后，无数个夜里，为了省电话费我们相约一起看月亮，作为每晚的相遇、相逢、相爱、相拥。

尽管我的茶没过足瘾，他的酒也似乎没有尽兴，但窗外西湖静谧的夜和轻柔的风已经把我们熏得有些微微的醉意了。一直没搞明白一件事，西湖为什么总是那样的醉人？一靠近，那心荡神迷的醉意就让你无处躲藏。

到底是因美景，暖风，心情，还是因龙井茶？

　　或许长期离家的他实在孤单，酒足饭饱后仍执意要和我去旁边的星巴克继续聊聊。我是不怎么喝咖啡的，但没能拗得过他。不管怎么说，喝完摩卡后吃的那块蛋糕倒是令人记忆深刻，蛋糕的名字很有新意——心想事"橙"。

　　终于曲终人散，回到宾馆已是夜里11点多了，但总觉得还少了点儿什么，对了，少茶！

　　我还是借着茶一个人继续狂欢吧！

　　到了杭州，自然要喝杭州的茶。

　　正值冬季，杭州的冬天虽不比北方千里冰封，万里雪飘，但连日阴雨也有几分寒意。

这个季节最适宜的当然是红茶。

杭州除了被国人称为"国茶"的龙井，红茶也不错。杭州最出名的红茶是九曲红梅。

九曲红梅的名气在红茶家族中不及安徽的祁门红茶、福建的正山小种那般响彻神州，与有着"国茶"之誉的西湖龙井的如日中天更是不可同日而语，但也有其独到之处。有人将九曲红梅喻为藏在深山人不识的闺阁佳人，实在是再恰当不过了。

九曲红梅又名九曲红、九曲乌龙，因原产于武夷山九曲而得名，闽北浙南一带的农民北迁，在大坞山落户，开荒种粮种茶，以谋生计，使这茶成为浙江唯一的红茶。而浙江素来盛产绿茶，故，九曲红梅被茶客们形象地称为"万绿丛中一点红"。

九曲红梅属工夫红茶，最大的特点是红艳汤色，梅花香气，"白玉杯中玛瑙色，红唇舌底梅花香"。

产于历史渊源深厚的吴越大地的九曲红梅香薰味很重，有股浓郁的类似话梅的味道。在我口中，味感也正好应了那个"曲"字，就像浙江的"浙"字源于"折"字一般异曲同工，婉转曲折，使人犹如置身于香风迷醉的西湖之畔，不禁想起了林升那首关于西湖最有名的诗："山外青山楼外楼，西湖歌舞几时休？暖风熏得游人醉，直把杭州作汴州。"

好一个"熏"字，茶亦醉人何须酒，我也要被这九曲红梅熏倒在这西湖湖畔了。不过，这微醉的感觉倒是特别爽，可以无所顾忌地指点江山，挥斥方遒。

4. 灵隐寺画龙点睛的茶点

　　每次到杭州，是一定要去一趟灵隐寺的，因 30 多年前，还是一个孩子的我曾在父母的携领下来过这里，留下了很深的记忆。记住的不仅是那些山林、庙宇，更是旅游的感觉。

　　在物质资源异常匮乏的年代，旅游对于寻常人家而言实在是一件极其奢侈的事，那是我第一次离开家乡，也是我人生中第一次体验真正意义的旅游。

　　由于季节的原因，这次眼中的灵隐寺颇有几分枯寂之感，但高古之风尚存。

　　倒是池中那鲜红的锦鲤，在这一片萧然之中为这千年古刹稍添了几分生机。

记忆中的弥勒依旧像 32 年前那般笑容可掬。

我素来喜欢弥勒，因为其他的佛都过于威严，总是低眉、眯眼，好似在冷眼看着我。而弥勒是扬着眉，满足地看着芸芸众生，连胖胖的下巴都充满笑意，仿佛不断提醒着世人，要开心每一刻，开心每一天，开心一辈子。开心是可以传染的！

为什么他还是这般的无忧无虑，我的两鬓却已染上了风霜，或许这就是神仙与凡人的区别吧。人家无牵无绊，无嗔无憎，不食人间烟火，而我却做不到八风不动，逃不开俗世凡尘。

想做到"寡思虑以养神，剪欲色以养精，靖言语以养气"，何其难。

飞来峰、天王殿……那些名胜古迹走马观花游历了一番，四下里便开始找寻品茶之所在。"僧真生我静，水淡发茶香。"每到这般仙山神境一定要饮几杯清茶，滤一番心尘。

虽隐匿得犹抱琵琶半遮面，但还是被我找到了！

清风徐徐，细雨蒙蒙，青瓦素墙，绿树成荫，实在是品茶的理想之所。应了那句"少年云溪里，禅心夜更闲；煎茶留静者，靠月坐苍山"。不过我自认就是个"伪"隐士，偶尔品尝一下清寂的感觉还好，一旦久了，肯定耐不住灵隐寺长久的清寂。

在灵隐寺喝茶，是肯定离不开茶点的，这也是灵隐寺禅茶的重要组成部分。

点心，"点点心意"之意，餐前饭后的小食。

所谓茶"点"，既是饮茶过程中的佐茶餐"点"，也是品茶之中画龙点睛的"点"。莫小看这一"点"，其妙如同张僧繇的"点之即飞去"。

自古以来，茶点与茶的搭配就很讲究茶性的和谐，犹如绿叶红花的相得益彰，所谓"甜配绿，酸配红，瓜子配乌龙"。搭配好的茶点不仅可以果腹，更能增添饮茶之趣。

不同地区的茶点也各有特色，比如著名的一盅两件的广东早茶以"点"为主，而灵隐寺的茶点则是以茶为主，佐以杭州传统的精美糕点，如桂花糕、龙井酥、吴山酥油饼、定胜糕、条头糕等，很是契合杭州的江南小资情调。

杭州的茶点除了口感怡人，个人认为最突出的是"型"，造型雅致精美，颇具视觉韵味，让人垂涎欲滴，又不忍下口。其中，我个人最喜欢的是桂花糕与龙井酥。桂花糕外形精致，花香诱人，入口即化，甜而不腻，加之桂树又是杭州的市树，桂花糕当然是杭州茶点的首选；龙井酥质地柔软，口感细腻，茶香芬芳，清新爽滑，作为杭州的代表茶点是再贴切不过了。

我这种大食客固然对丰盛的广东早茶大呼过瘾，但是面对精巧、酥软、细腻、清淡的江南茶点，依然会怦然心动，因为它蕴含的那缕醉忆风尘、吟赏烟霞的烟雨江南惆怅之味，不仅惊艳，更加怡人。

5. 安昌诱人冥想的茶

绍兴，一看到这两个字便会勾起冥想万千。

绍兴还有枯藤老树、小桥流水的安昌，依我以往的冥想，安昌就是一幅充满人间烟火味儿的浓墨淡彩的水墨丹青。

很多地方由于响亮的名声早已贯耳，都是想象远胜亲临，亲身目睹常常会失望，但安昌可以除外。不夸张地说，身临其境，与你冥想中的安昌定是一般模样。

安昌，比起赫赫有名的乌镇、西塘实在是个并不怎么有名的江南水乡古镇，但或许正是因为它的默默无闻，才让它得以保留了"清水出芙蓉，天然去雕饰"的质朴风情。

江南最具画面感、最诱人冥想的就是桥，尤其是那种具有沧桑岁月感的老石桥。

安昌老街有梁桥、拱桥、洞桥等风姿各异的石桥 17 座。

面对缠绵悱恻的小桥流水，似乎可以捉得到空气中飘来的隐约的古筝之音，正弹奏着婉转空灵、深情隽永的幽远清音。闭上眼，朦胧中一位穿着旗袍的民国女子正款款而来，就连她领前的盘扣、胸前的青花都清晰可见。

"关关雎鸠，在河之洲。窈窕淑女，君子好逑。参差荇菜，左右流之。窈窕淑女，寤寐求之。求之不得，寤寐思服。悠哉悠哉，辗转反侧。参差荇菜，左右采之。窈窕淑女，琴瑟友之。参差荇菜，左右芼之。窈窕淑女，钟鼓乐之。"

此时，这首《关关雎鸠》是不是很合时宜？

看着周作人笔下的乌篷船，感觉这里，冥冥之中已来过了几回。"三明瓦者，谓其中舱有两道，后舱有一道明瓦也。船尾用橹，大抵两支，船首有竹篙，用以定船。船头着眉目，状如老虎，但似在微笑，颇滑稽而不可怕，唯白篷船则无之。"

踏过雨中有些湿滑的历经磋磨的青石板路，烫一壶老酒，沏一杯茶，或干脆独自冥想。置身于这恍如隔世的水乡古镇，只想余生如河，波澜不惊，春露秋霜，缓缓流过。

到安昌，是一定要住在客栈的，尤其是雨天。因为安昌，是一定要在"烟笼寒水月笼沙"的雨中来品味、来冥想的。

古老、斑驳的屋檐角，滴滴答答地淌着淅淅沥沥的雨珠，渐渐地连成了一条条断断续续的雨线，如吟如诵，如泣如诉。不禁发现，雨声原来才是最宁静的声音。如果说水是水乡古镇的魂魄，那雨，就是烟雨江南的泪滴。

夏雨雨人，雨中的安昌太容易勾起江南的迷醉风情。

"江南雨，古巷韵绸缪。油纸伞中凝怨黛，丁香花下湿青眸。幽梦一帘收。"

其实，美无处不在，无时不在，但有心之人才能体会。

闲来之余，尝尝安昌的鱼干腊肉，雪菜扣肉馅的缙云烧饼也很不错，当然，必须得配上一壶女儿红，半醉半醒之间的冥想又是别有一番滋味在心头。

据说这女儿红是新生女儿满月时封坛窖藏，待女儿出嫁时方能启坛，难怪如此醉人。

早晨醒来，安昌宁静得出奇，甚至听不到鸡鸣犬吠之声。

先倚在窗前，泡一壶绍兴日铸雪芽。

日铸雪芽，其如兰似雪，又称"兰雪"。被称为茶饮之宗，是因其开创了中国制茶工艺中改蒸为炒，改碾为揉的先河，并沿用至今。

江南的茶都是那般的清香如兰，婉转绵长，呷在口中使人不禁冥想江南的女子，清新秀丽，眉目传情。

原来，茶也可含情，也可寄情，也可弄情，也可传情。

忽然感慨，生命匆匆忙忙，根本没有什么来日方长。现在，永远都不可能被以后复制，今天，就是生命中最美的一天。

6. 天目山淡竹积雪的茶

安吉，一直以为是"安宁"与"吉祥"的含义，到了安吉才知道，"安吉"二字出自《诗经·唐风》的句子："岂曰无衣七兮，不如子之衣，安且吉兮。岂曰无衣六兮，不如子之衣，安且燠兮。"

妻亲手缝制之衣，穿着比全天下的衣服都安宁、都温暖。清简真挚的情感，催人潸然的情思，情真意切。

安吉，地处浙江天目山北麓，这里重峦叠嶂、土壤肥沃、竹树交杂、云雾缭绕，气候温和，无霜期短，冬季低温时间长，紫外线直射较少，年降雨量非常充沛。优越的生态环境是安吉养育出好茶的重要自然条件。

安吉白茶，是由一种特殊白叶茶的嫩叶，按照绿茶的加工方法制作而成，其本身就是一种白色的绿茶。白茶之"白"，是因茶叶本身缺失叶绿素所致。清明前，茶树萌发的嫩芽为白色，到谷雨前色泽渐淡，多呈玉白色；谷雨后至夏前变为白绿相间的花叶，至夏季则呈全绿色，与一般的绿叶无异。

白茶茶树产"白茶"的时间非常短，通常就一个月左右，故，异常珍贵。

安吉白茶最大的特点是淡爽。到了安吉，一定要选取当地的山泉水冲泡安吉白茶，充分领略其与众不同的淡雅与鲜爽。

安吉白茶原叶异常细嫩，叶片较薄，冲泡时水温不宜过高，应控制在80℃~85℃。除了品饮，还一定要欣赏安吉白茶在水中的姿态，品其味、闻其香，更要观其"形似凤羽，叶片玉白，茎脉翠绿"的独特品相，充分满足味觉、嗅觉、视觉，全方位的体验，才不辜负白茶之品。

安吉除了茶，还有一清新高雅之物——竹。

安吉，自古被称为"竹乡"。

竹，在中国悠久的历史文化传承之中，是一种传统的文化符号与象征。梅、兰、竹、菊被尊称为"四君子"，梅、松、竹被尊称为"岁寒三友"，故，赞誉"竹无俗韵"。

竹的空心，被喻为谦谦君子的"虚心"；其竹节，被喻为宁折不弯的"气节"。竹，在中国就是历代仁人志士的化身，自古就象征着超凡脱俗与高风亮节。

"咬定青山不放松，立根原在破岩中。千磨万击还坚劲，任尔东西南北风。"好一个"任"字，道出了竹的傲然风骨。

安吉，茶竹之缘，相得益彰。也正是安吉竹乡这般独特的自然环境，才成就了安吉白茶淡雅鲜爽与清丽脱俗的清逸之香。这种清亮高远之香，举世无双。

到安吉，不仅为了安吉白茶，也为了竹林的清雅竹韵。

安吉的竹与其他地方的竹相比，最大的特点就是"淡"，那是一种清淡、恬淡、淡然与淡泊。这"淡"就像竹笛吹出的与世无争的天籁之音。"数枝淡竹翠生光，一点无尘自有香。好似葛坡龙化后，却留清影在虚堂。"

世间的茶有千百种，每个饮茶人都在费心费力地寻找最适合自己的茶，我选了安吉白茶。因其"淡竹积雪"之品，正合我淡然、清冷的心意。品茶就是品人生，就要独自一个人品，无声无息地品，品酌自己的人生到底应是个怎样的滋味。

人的一生其实就是在做一件事——找自己。年轻之时找自己人生的方向，也就是，去哪里。待到年龄大了，找自己内心的归宿，我从哪里来，要回到哪里去。

曾经的我最渴望得到别人的理解，理解万岁嘛。现在的我最需要理解自己，"荣辱不惊，闲看庭前花开花落；去留无意，漫随天外云卷云舒"。

曾经的我总是向上看，就像在爬山，看到的是一片蓝天，告诉自己：那里就是我要去的地方；现在的我却总是向下看，就像在下山，看到的只是一方净土与回家的路。

攀登的时候好艰辛，但充满了憧憬，未来的希望让我无比兴奋，我不断提醒自己：快！再快！更快！回家的路上好恬静，充盈着温暖，家的滋味让我步履祥和、安然，推门的一刹那，一句"我回来了"便是人世间最亲、最爱的语言。

这一程回家的路，正如闲信地行走在清风徐徐的安吉竹林；这一份回家的心情，正如品安吉白茶，清淡、清宁。

喝了安吉白茶，就想回家。

突然发现，今天竟是我的结婚纪念日。23：35，差一点儿就错过了。好险！

给妻发了一条微信："谢谢你 13 年前的今天嫁给我。"

妻秒回："亏你还能想起来！"看来就在等我"入瓮"。

我继续问："后悔了？"

过了一会儿，妻回复："有点儿。不过想想，如果没有你，我和谁吵架？生谁的气呢？有总比没有强，我将就点儿吧。"

13 年前，妻责怪我没有对她说"我爱你"，但我自己知道，我在心里悄悄地对她说了。13 年之后的今天，我还是没对她说那三个字，因那三个字太长，要用一生来慢慢地对她说。

虽然爱得没有当年那般激荡飞扬、热烈，也被光阴凝成了生活中平凡、清淡的一部分，但清淡的爱更加悠长，就像口中的安吉白茶，虽不浓烈霸道，却总能渗入人的心底，那滋味能让人记一辈子。

7. 金华八咏楼凄美的茶

  浙江金华八咏楼，因南朝沈约的《八咏诗》而得名。此番专程去八咏楼，却是为了李清照。

  "千古风流八咏楼，江山留与后人愁。水通南国三千里，气压江城十四州。"

  一个南宋的弱女子怎能有如此豪气干云，真是咄咄怪事。

  一直觉得李清照的词高远磅礴，气势如虹，即使堂堂七尺男儿也常常会自愧不如。

  其实，李清照的一生却是"凄美"两字相伴大半。

曾经的李清照是青涩的。

"蹴罢秋千，起来慵整纤纤手。露浓花瘦，薄汗轻衣透。见有人来，袜刬金钗溜，和羞走。倚门回首，却把青梅嗅。"

"却把青梅嗅"的豆蔻少女，那羞涩与怀春，同普天之下情窦初开的所有少女无异，散着淡淡的清香，如枝头上躲在叶后半遮半露的青果。

曾经的李清照是洒脱的。

"常记溪亭日暮，沉醉不知归路，兴尽晚回舟，误入藕花深处。争渡，争渡，惊起一滩鸥鹭。"

宋代，竟有"沉醉不知归路"的女子，这该是何等的大逆不道！又是何等的惊世骇俗！就算身处今日也实在不敢想象。想必那时的李清照必定洒脱得惊若天人。

曾经的李清照是温婉的。

"昨夜雨疏风骤，浓睡不消残酒。试问卷帘人，却道海棠依旧。知否，知否，应是绿肥红瘦。"

面对着红花落尽，仅留绿叶的残景，好一个"海棠依旧"，"知否，知否"，却又问得人不禁心生阵阵涟漪。

曾几何时，李清照有了淡淡的哀愁。

"薄雾浓云愁永昼，瑞脑消金兽。佳节又重阳，玉枕纱厨，半夜凉初透。东篱把酒黄昏后，有暗香盈袖。莫道不销魂，帘卷西风，人比黄花瘦。"

这句"人比黄花瘦"让人"销魂"，勾起无限怜惜。

　　曾几何时，李清照陷入了深深的相思之愁。

　　"红藕香残玉簟秋。轻解罗裳，独上兰舟。云中谁寄锦书来，雁字回时，月满西楼。花自飘零水自流。一种相思，两处闲愁。此情无计可消除，才下眉头，却上心头。"

　　这哪里是什么"闲愁"？这怎么可能有计"消除"，这是愁入愁肠愁更愁。

- - -

　　夫亡，李清照已彻底被愁苦所吞噬。

　　"风住尘香花已尽，日晚倦梳头。物是人非事事休，欲语泪先流。闻说双溪春尚好，也拟泛轻舟。只恐双溪舴艋舟，载不动许多愁。"

　　即使到了"欲语泪先流"的地步，仍不能奈何"物是人非事事休"的境地。

　　"寻寻觅觅，冷冷清清，凄凄惨惨戚戚。乍暖还寒时候，最难将息。三杯两盏淡酒，怎敌他，晚来风急！雁过也，正伤心，却是旧时相识。满地黄花堆积，憔悴损，如今有谁堪摘？守着窗儿，独自怎生得黑！梧桐更兼细雨，到黄昏，点点滴滴。这次第，怎一个愁字了得。"

　　即使"凄凄惨惨戚戚"，也已无人、无语以对，或许那时的李清照只能与"旧时相识"的大雁相对倾诉。

- - -

　　国破，李清照也心冷至冰。

　　"南来尚怯吴江冷，北狩应悲易水寒。"

　　虽还残存几分对国家复兴的期待，但"冷"与"寒"却已道出了对未来的失望与无奈。

流落至金华，李清照也只能凄苦无助地倚坐在八咏楼下的一叶苍凉的小舟之上，闭目凝眉，默默无语。

人的一生总要去相信一些自己愿意相信的东西，因为心存"相信"才能带来对光明的期待，才能活下去。正如三毛所言："心若没有栖息的地方，到哪里都是在流浪。"

李清照相信爱情，是对？是错？

李清照没有靠追忆来终此余生，又出嫁了，但遇人不淑，受尽屈辱。关于这一点，是否应该如此？是否只能如此？后人无法客观评说，相信她自有她的难言苦楚。反正我觉得，我懂。

如果一个人能真正懂得另一个人的苦，说明这个人一定是饱尝了相似的苦。"饱尝"这两个字对我而言或许是言重了，我实在是受不起，但我的确懂。

李清照的结局是在无限的悲愁之中凄苦而终，这是个让人不忍面对的结局，也是个必然的结局。

李清照是一个追求极致的女人、一个真性情的女人。她已把自己的心完全揉入了文字，还揉进了泪，揉进了血。

"知否，知否。""人比黄花瘦。""物是人非事事休，欲语泪先流。""此情无计可消除，才下眉头，却上心头。""凄凄惨惨戚戚……"哪一句不是情凄意切，悲不自胜？

柔时，柔到绸缪入骨；悲时，悲到哀怨断肠；痛时，痛到痛彻心扉；恨时，恨到雨恨云愁。这就是李清照。

李清照同样爱茶。

李清照的《金石录后序》中有这样一段："余性偶强记，每饭罢，坐归来堂烹茶，指堆积书史，言某事在某书某卷第几页第几行，以中否角胜负，为饮茶先后。中即举杯大笑，至茶倾覆怀中，反不得饮而起。甘心老是乡矣，虽处忧患困穷，而志不屈。"

这段文字对已卒赵明诚的思念与茶缘跃然纸上，每读、每忆李清照那悲苦的茶的故事必潸然泪下。

泉涸，但无人相呴以湿，相濡以沫，好凄，好冷。

为什么爱茶之人都易与凄美的爱情结下难解之缘？

与李清照同一时代的诗人陆游也发出"叹息老来交旧尽，睡来谁共午瓯茶"的蹉跎之音。

陆游与唐婉纠葛一生的爱情同样凄美，催人泪下。

"红酥手，黄縢酒，满城春色宫墙柳。东风恶，欢情薄，一怀愁绪，几年离索。错，错，错。

"春如旧，人空瘦，泪痕红浥鲛绡透。桃花落，闲池阁，山盟虽在，锦书难托。莫，莫，莫。

"世情薄，人情恶，雨送黄昏花易落。晓风干，泪痕残，欲笺心事，独语斜阑。难，难，难。

"人成各，今非昨，病魂尝似秋千索。角声寒，夜阑珊，怕人寻问，咽泪装欢。瞒，瞒，瞒。"

看来，茶自古就已与多情之人纠结在了一起，共同上演着一幕幕阴晴圆缺的晓风残月与生死相依的悲欢离合。

两首《钗头凤》之悲之怆，之凄之美，令人不忍卒读。

每个人的生命中都会有一段或长或短的灰色经历，整个世界被笼罩成灰蒙蒙的一片。我不敢说茶能拯救谁的生命，但是，茶，或许能让灰色的世界透进些许光亮。我一直庆幸，生命中有茶，当风起时，能帮我抵挡风沙，帮我抵御彷徨与悲伤。

不知流落金华的李清照是否品过金华名茶——武阳春雨。如果品了，不知能否为她那布满阴霾的天空带来一丝色彩。

"春天的雨"，好清新的茶名，不仅名字清新，外形也如嫩绿的松针细雨同样清新，其滋味鲜爽如兰，依然清新。

武阳春雨那兰花般的清澈高远之香，正如李清照之文品。但在这八咏楼品武阳春雨，却似乎渗着几丝凄苦之味。

举头望天，湿冷晦暗的天空也不知不觉轻轻落下了凄苦的细雨。

"肠断人琴感未消，此心久已寄云峤。年来更识荒寒味，写到湖山总寂寥。"

8. 十里梅家坞的国茶

　　到杭州已是下午6点多了，下了高铁赶紧倒地铁一号线，很顺利到了龙翔桥。等在西湖边上找到提前预订的那家酒店，安顿好自己，天已彻底黑了。

　　来之前我便想好了，这次住在西湖湖畔，不是为了在断桥偶遇白娘子，而是清晨一推开窗，就能看到西湖的蒙蒙烟雨。

　　到杭州的茶客，都有一个共同的目的——龙井。

　　西湖龙井，绿茶中最负盛名的"绿茶皇后"，距今已有1200多年的历史，属中国传统历史名茶，也是中国十大名茶之首，被尊誉为"国茶"。

　　按照龙井鲜叶采摘时间的不同，西湖龙井分为"明前茶"和"雨前茶"。清明前采制的为"明前茶"，谷雨前采制的则为"雨前茶"。西湖龙井"雨前是上品，明前是珍品"。

这次到杭州，不仅为了"品"龙井，也为了"看"龙井。

早晨出门，随手打了辆路过的出租车，司机师傅是个年轻精神的当地帅哥，很健谈，也很风趣。

从杭州市中心延安路出发一直向南，大概走了半个小时，汽车拐上了一条山路，车窗外的景致便与近在咫尺的西湖截然不同了。首先路上的车与路边的游客明显少了，从熙熙攘攘的氛围转入了轻松惬意的意境。还有，就是连绵散落在山间溪边的茶园。伴着漫山遍野的茶香，原本单调的"沙沙"的车轮声也变得有了几分情趣。

小刘师傅把车停在了一个高大的牌坊前：龙井村。

龙井村，传说中的龙井茶的故乡，位于西湖的南面，隐于群山环绕之中，被誉为中国茶乡第一村。

进村之后发现，龙井村还是自然村落的状态。一条并不宽的马路穿村而过，路两边都是一间间别致的民居，规模不一，每间民居后面自然就是茶园了。

小刘师傅告诉我，龙井村没有什么名胜古迹，对于杭州人而言就是吃吃农家饭，品品龙井茶，闻闻山茶香的休闲之所。

据传，乾隆皇帝下江南游至杭州西湖，来到了狮峰山下。

几个美丽的乡间采茶女正在翠绿的茶树前采茶，人景如画，"大情圣"情不自禁地也跟着采了起来。

忽然下官来报，太后突患急疾。乾隆皇帝便随手将采下的一把茶叶往袋内一放，转身急速回京了。

病中太后听闻乾隆皇帝来到榻前，还未睁眼，却先闻到了一股淡淡的清香，便问乾隆皇帝带来何物。

乾隆皇帝一时间也觉得奇怪，哪里飘来的清香呢？

伸手朝袋中一摸，原来是杭州狮峰山所采的那一把茶叶。

头晕眼花的太后马上就想品尝此茶的味道，便命宫女赶紧将茶叶冲泡。一阵扑鼻的清香沁人心脾，太后喝完后双目有神，红肿消退，顿觉神清气爽，竟无药而愈。其实太后并无重疾，只是近日多食了些珍馐美味，导致肝火上升、肠胃胀气而已。

孝顺的乾隆皇帝一时兴起，便传下圣旨，将杭州狮峰山下那十八棵茶树封为"御茶"，每年采摘新茶作为贡品，专门供太后品饮。从此，西湖龙井便有了"国茶"的礼遇。

这十八棵御茶树保留至今，成为杭州一景。

转了御茶园，规模不大，感觉不到太多的古风犹存，即使是那十八棵古茶树也展现不了乾隆皇帝的风流倜傥。倒是九溪十八涧很有些精致的韵味，下车走走，贪婪地嗅着满是茶香的山风倒不失为一种享受。

该吃午饭了，我提议感受一下龙井村的农家饭与龙井茶，也当一回杭州人，但小刘师傅却建议去梅家坞，他认为那里的民居更有味道，杭州本地人通常会去那里吃饭品茶。

梅家坞也是我的目的地之一，于是我便欣然接受了他的建议。

梅家坞与龙井村之间的距离并不太远，只隔了一道山梁，一路的景致与龙井村基本相同，好像视野更开阔一些，还路过灵隐寺，似乎更有些神仙的味道。

"不雨山常涧，无云山自阴。"我认为十里梅家坞还是要胜龙井村一筹的。仁者见仁，智者见智吧。

梅家坞的道路比龙井村要宽阔很多，民居也好像大气些。

最后，我选了一家从外面几乎完全看不到的民居，它彻底隐藏在了一片茶园之中。当然这种居于茶园之中的民居很多，都很有韵味，但我还是最喜欢自己选的这一家。

民居的主人是一对朴实、腼腆的夫妻，但一说到龙井村，马上就显得不那么淡定了。

据这对夫妻说，其实西湖龙井茶真正的发源地是梅家坞，长期以来龙井村的人却引以自居。这其中到底是怎样的渊源，我不敢随便评论，反正我觉得两地的龙井都好喝。

主人四五岁的小儿子非常可爱，坐在那里歪着头喝茶。

"小孩子喝茶似乎并不有利于健康吧？好像影响发育哟。"我委婉地提醒了一句。

"我们从小都是喝着自家种的茶长大的，世世代代如此，你看我，不是好好的！这可是龙井！国茶！"男主人很自信，也很为"国茶"自豪。

可能是我多虑了，随你吧，小茶客。

在梅家坞吃农家饭有一个当地的习俗，你不能自己点餐。也就是说，农家里有什么就做什么，做什么你就吃什么，端上桌来的各种菜肴也没有固定的名字，完全随你想象。我便给这些农家菜起了很多稀奇古怪的名字，比如凉拌鸡爪我叫它"张牙舞爪"，苦瓜摊的鸡蛋饼我叫它"愁眉苦脸"。

"叔叔起的名字可真难听啊！妈妈叫它同甘共苦。"农家的小家伙不乐意了。

惭愧！真的是心态的差异！

同样的事物，在不同的心态之下，差之毫厘，失之千里。就像茶，可以叫它"口苦心甜"。

饭饱酒足，独自在龙井的故乡专心品饮龙井。

"花开花谢春不管，拂意事休对人言；水暖水寒鱼自知，会心处还期独赏。"好一个"独"字！

一阵裹着茶香的山风吹过，好不自在！似乎饮了这国茶，便是唯我独尊的皇帝！

我也找找"醒掌天下权，醉卧美人膝"的感觉！

9. 姑苏留园雅致的茶

姑苏城内的留园，就像是一位藏在高墙之内、深闺之中，不仅满腹诗书且端庄秀丽的名媛闺秀，独自抚琴，山高水长；而此时的我则像墙外一个只会舞文弄墨的酸腐书生，忽闻了那如鸣佩环般的琴瑟之音，禁不住攀上墙头，想一窥芳容。

罢了，这是何苦？读书人本应笃信好学，守死善道。还是落落大方地推门而入，坐定了身形，品一杯清茶，赏这幅醉美的江南画卷吧。

苏州可有好茶！碧螺春，产于苏州太湖洞庭山，故，又被称为"洞庭碧螺春"。碧螺春，茶条纤细、曲卷似螺、周身披毫、银白隐翠、香气清新、口感鲜醇，汤色清澈碧绿，叶底明亮鲜绿，以"形美、色艳、香浓、味醇"四绝驰名古今。

碧螺春突出的特点就是"嫩"，1斤成品茶通常由6万～7万个茶芽制成。碧螺春另一个特点就是"香"，当地人称碧螺春"吓煞人香"。碧螺春之所以香，是因其种植区果茶间种。在碧螺春产茶区，茶树与桃、李、杏、梅、枣等果树交杂种植，枝杈交错，根脉相连，茶树吸满果香，从而含着股天然的香甜之韵。

冲泡碧螺春，应采用后投茶的方法，就是先注水，后投茶，水温不宜过高，不能加盖焖杯。最好采用玻璃杯冲泡，赏杯中之茶徐徐舒展，飞舞飘扬，雨涨秋池，飞雪沉江之茶趣。

"镇日莺愁燕懒，遍地落红谁管？睡起熨沉香，小饮碧螺春盌。帘卷，帘卷，一任柳丝风软。"好个"一任柳丝风软"，把碧螺春如酒般醉人的香写得如此绵柔入微。

除了碧螺春，太湖湖畔古典的苏州园林一样醉人，狮子林、拙政园、留园……

苏州共有古园林 108 座，其中，我最迷恋的是留园。苏州园林与北京颐和园、承德避暑山庄等园林相比，最明显的不同是苏州园林属私家园林，虽不及皇家园林那般气势恢宏，风格却更具人文情怀，留园也是如此。

留园景物分为四个特色鲜明的部分：曲院建筑、山水花园、奇石假山与田园风光，处处皆是清泉洗心，白雪怡意。

留园的各种景致美不胜收，依着我的私心，最喜爱的却是"自在处"。留园的"自在"，是借以陆游"高高下下天成景，密密疏疏自在花"的句子，我尤其喜爱"自在"二字。

自在，最是难得。

自在，对我而言就是无须借以他人即可充分享受最纯粹、最真实的自我精神快乐。自我陪伴就是最惬意、自在的同行。做个安安静静、自由自在的自己就是最快乐的人生体验。

留园，是一个"雅"园。

留园的"雅"是一种从容的雅，是沉淀了悠长的岁月时光，由内而外散发出的一种从容、恬淡的雅；留园的"雅"是一种厚重的雅，是历经了无数的风雨洗礼，褪去浮华、真实自然、厚重踏实的雅；留园的"雅"还是一种深邃的雅，是走进无尽的夜空繁星之中，渐渐远去、卓尔独行的一种深邃无声的雅；留园的"雅"更是一种自在的雅，是看遍了世间的冷暖沉浮，俯下身形自弹自吟的一种超凡脱俗的雅。

这"雅"是一种韵味，更是一种风采。这"雅"让人心淡如烟，让人心旷神怡。

真正的雅，无须故作姿态，无须有意修饰，是魂魄中生出的一朵不为所动的花儿，花香千回百转，花朵迎风挺立。真正的雅，是对上苍赐予生命的感激，是对生命充满智慧的诠释，对自己永不放弃的欣赏，对世间浑然天成的清傲。真正的雅，就像留园，披着柔情似水的披风浅笑着看着你；真正的雅就像碧螺春，穿着碧波荡漾的外衣，遇水，便散着傲人的香。

雅致的留园自然少不了雅致的茶室与雅致的茶，透着窗棂，那雅致都能泻得出来，诱着你一步步走近。在精致典雅的留园饮着清新香醇的碧螺春，就是一曲自在的"天上人间"。

这条幽静的小路通向哪里？

是通向留园深处那幽静神秘的深闺？

刚想抬足，高墙掩映的深深庭院之中传来了一句清雅之音："若不懂我，便莫靠近我。"

10. 雨花台肃穆的茶

前几日在上海出差，忙完公干，突然很想去一趟南京。

其实内心深处一直想去，只是有意在躲避这个念头。

南京是个给我留下了深刻记忆的老地方，虽时间已遥远但印记却很清晰，且有种说不出或者说是难以启齿的埋藏在心底深处的痛。中山陵、梅花山、明孝陵、雨花台、中华门，还有玄武湖、夫子庙、燕子矶、莫愁湖、紫金山天文台……南京，这些知名、不知名的地方在我的心里如数家珍，历历在目。

已默默念叨了 20 年，却始终没有再去过南京，况且这次只有半天的时间。半天就半天！还是决定去一趟！

不等闹钟响起，早晨 6 点自己就醒了，简单洗漱后便匆匆去赶早班动车。

一路上都在盘算着该去些什么地方，南京想去的地方实在是太多了，可我只有半天时间啊！下午还要返回上海赶飞机。最后，选定了距离南京南站最近的雨花台。

很多事过去了很多年，以为忘记了，却发现始终藏在心底的最深处，尤其是到了"唯不忘相思"的年龄。

下了动车直接赶到雨花台。久别多年，没想到雨花台还如我记忆中的那般雄伟、庄严、清凌而肃穆。肃穆尤甚。

　　一个秀丽隽永的山冈被冬夏常青、千年不死、象征坚贞的松柏环抱，不愧"六朝雨花凝天地神韵，一部青史铸千秋圣台"。置身其中，不管是谁顷刻之间都会肃然起敬。

　　每想起雨花台，心灵深处不由自主会出现两个字：信仰。

　　一个人的生命中必须有信仰。信仰，就像一盏灯，能支撑你在黑暗中始终坚持自己的方向，并且在坚持的过程中带给你源源不断的力量，让你不惧黑暗，不惧孤独，笃定前行。

　　有人说，如我般坚持信仰很幼稚。我觉得"幼稚"这个词应换成"单纯"，并始终认为，刻意保护好自己内心的那一份"单纯"，恰好就是维持我生命力的源泉。如果真的有那么一天，这"单纯"离我而去了，我也就"死"了。

　　快走到南广场的时候，意外发现路边竟有几片茶园。此时正值4月中旬，是春茶的好时节，茶树郁郁葱葱，青翠欲滴，甚是诱人。遇到茶园，我是一定要去嗅嗅茶香的。

　　在我的记忆中，南京好像并不产茶。这是什么茶？

　　穿过那片茶园，有了答案，看来还是我孤陋寡闻。雨花台产的茶就叫"雨花茶"。

　　带着难以抑制的好奇，我离开了大路继续往山里走，越走得深，人越稀少，茶园越密。不知深山之中还藏着什么秘密。

　　原来真的有惊喜！这雨花台的深处不仅有茶园，竟还藏着一个茶厂，从外面根本就发现不了。

　　人生就是如此，有些东西刻意去寻却常常寻不到；而有些东西不经意出现在了你的眼前，后来，竟陪伴了你一生。

　　原本是采茶季，却不知什么原因，茶厂里面静悄悄的。

　　一位大姐从里面出来。我对于雨花茶是闻所未闻，更别说尝了，便缠着这位大姐讨茶喝。起初这位大姐并不买账，这里是生产车间，不卖茶，也没有存茶，最后实在被我缠得没办法，只好把厂里留下的今年的春茶茶样给我捏了一小撮。

　　原来这就是雨花茶，终于见到了庐山真面目，实在不易。

　　雨花茶色泽碧绿，茶条如针，看上去挺拔高洁，让人不禁想起血洒雨花台的那些坚守信念、忠贞不渝的革命烈士，心中顿生敬意。

雨花茶最大的特点是清新高雅，茶汤清澈碧绿，茶香沁人心脾，在如此肃穆的千秋圣台品饮更增添了几分静穆的感觉。

在与茶厂大姐聊天时，随口问了个问题："雨花台名字这么好听，是怎么来的？"大姐告诉我，南朝时期高僧云光法师在此设坛讲经说法，感动上苍，落花如雨，雨花台由此得名。

来了多次雨花台，这一次终于知道了"雨花"的来历。

心满茶足之后，顺便欣赏一下色彩斑斓的雨花石。

记得30多年前，我曾在雨花台带回了一块个头特别大的雨花石，回去后放在了晾台上，渐渐便遗忘了。过了很久突然想起，却怎么也找不到。后来无意之间发现，原来被妈妈拿去压了泡菜坛子，实在是哭笑不得。

离开雨花台时，发现还剩些时间，下一次不知何时才能有缘再来南京，索性赶到了距离并不太远的夫子庙。

一直以来，十里秦淮被贴上了"商女不知亡国恨"的标签，我却始终对这玉楼瑶殿、水榭亭阁的温婉风情情有独钟。

倚着秦淮河畔的石栏杆，不由得吟出李煜的《虞美人》：

"雕栏玉砌应犹在，只是朱颜改。问君能有几多愁？恰似一江春水向东流。"

国父孙中山在《建国方略》中道："中国常人所饮者为清茶，所食者为淡饭，而加以菜蔬豆腐，此等之食料，为今日卫生家所考得为最有益于养生者也，故中国穷乡僻壤之人，饮食不及酒肉者，常多长寿。"

这一点我非常赞同，但今日无论如何，走之前，夫子庙的鸭血粉丝汤与汤包还是要尝一尝的。

11. 宜兴紫砂壶里的茶

　　水乃茶之母，器乃茶之父。但凡嗜茶之人必定钟爱茶器。茶器，我始终喜欢中国传统的具有拙朴感的陶器，而中国四大名陶中，又对宜兴的紫砂最为钟情。

　　紫砂壶，虽为茶器，仍具有很高的艺术性。从明朝起诗书画印就已成了紫砂艺术的一个重要的组成内容。

　　紫砂壶的文化底蕴其实与中国传统的士大夫文化相契合，我自觉是个有士大夫情结的人，尽管既不是士，也不是大夫，但崇尚士大夫文化中"养浩然正气"的人格境界、宁折不弯的傲骨与气节，同时也推崇"士大夫三日不读书，则礼义不交，便觉面目可憎，语言无味"的读书理念。

到了宜兴才知道，宜兴还有好茶，阳羡雪芽、荆溪云片、善卷春月、竹海金茗等。只不过紫砂壶的名气实在响彻云霄，而让这些好茶被茶客们忽视了。其中，我最喜欢阳羡雪芽。

宜兴古称阳羡，阳羡雪芽因此得名。

嗜茶的苏轼曾留下了阳羡之茶的诗句："柳絮飞时笋箨斑，风浪二老对开关。雪芽我为求阳羡，乳水君应饷惠山。"东坡先生的这首诗早让阳羡雪芽天下闻名，还是我孤陋寡闻了。

由于茶圣陆羽的缘故，阳羡之茶历史上被封为贡茶。每年的谷雨前，新茶要由驿骑马不停蹄、风雨兼程地送往长安用于皇帝的清明宴席，故，被称为急程茶。为此，茶仙卢仝曾戏称："天子未尝阳羡茶，百草不敢先开花。"

茶人到了宜兴，一定要感受一番只有在宜兴才能感受到的江南饮茶三绝，用金沙矿泉水在紫砂壶中泡阳羡雪芽。

阳羡雪芽最大的特点就是香气芳香而鲜醇，高雅而幽远，冲泡不可用100℃的沸水，80℃即可。

到宜兴，主题还是紫砂壶。宜兴紫砂壶，以宜兴丁蜀镇的紫砂泥为原料，由当地匠人手工制作，再经过1100℃高温炉火烧制而成。因紫砂具有很好的透气性，故，紫砂壶能较长时间保持茶的色、香、味，同时又利于逼出茶的香气。

我尤其喜欢欣赏匠人现场手工制作紫砂壶，喜欢那份唯我的意境，那份忘我的专注。

工匠，似乎是个略带贬义之词，最多也不过是个中性词。自古以来，好像靠双手生活的人始终比靠脑子生活的人卑微、低贱。因为他们是靠双手讨生活，而不是靠脑子玩转生活。

诚然，有不少工匠的确是没有任何意识地在用双手维持着生计，但还有一类工匠，或者称匠人，他们是通过双手在感知生活、体验生活。比如真正的紫砂壶匠人。

工匠手中之物叫产品，匠人手中之物却叫作品。千篇一律的产品是死的，倾注了智慧、情感与创造力，用心、用情孕育的世间独一的作品却有着鲜活的生命。

匠人最可爱与可敬之处，在于他们的那颗"匠心"。

"匠心"是一种修己以敬的气质，其实明艳之中应有温馨，低调之中方显奢华。"匠心"是一种执着专注的态度，专注于一件事，始终保持心无旁骛，即使不是什么"治国平天下"的大事，这种态度无异于一股能洗涤心尘的凛冽清泉，让你性定而动正。"匠心"是一种苛求完美的境界，融入了不受禁锢的情感与自由的灵魂，并始终处于追求极致的过程之中，享受着亲身追逐极致，亲手创造完美的精神盛宴。

"匠心"，是一颗素心，一份素性，一种素雅，一生素洁。

卡耐基在《人性的弱点》中也说过："这个世界既不是有钱人的世界，也不是有权人的世界，它是有心人的世界。"

宜兴有全竹宴。无论走到哪里，唯好茶与美食不可辜负，其他概不重要。这是我一贯奉行的原则，从不打折。

清炒竹笋、竹筒豆花、油焖秋笋、冬笋腊肉，还有竹筒饭、竹筒酒，从竹的根茎到竹笋，再从竹的枝干到枝叶，用拌、炒、炖、烧等不同手法做成满桌皆竹的特色宴席，素雅清醇，脆嫩清香。品着这天赐之味犹如在翠波荡漾的竹海之中漫步，顿生恍若天人之感。这哪里是吃饭，简直就是赏竹。

　　特别值得一提的，是竹筒饭。

　　地道的竹筒饭一定会选取竹香较浓郁的竹子品种，当地人称之为香竹。

　　我是第一次现场看到制作竹筒饭。

　　师傅熟练地把竹子清洗后填入提前泡好的糯米，还加入了排骨与其他作料，然后用竹叶塞住竹筒口，放在小火上慢烤。原来这竹筒饭是用明火烤制，我一直以为是蒸熟的。制作师傅郑重其事地告诉我，要这样烤一个小时，让竹香慢慢渗入糯米之中，竹筒饭才够香糯。待烤成了青灰色的竹筒，一刀劈开，香气瞬间喷涌，其味无以言表。

　　酒足饭饱之后，还有餐后甜点竹叶糕，甜甜糯糯，竹香四溢，不仅悦目，更加赏心。对了，就连筷子用的也全都是随手砍下的方竹条削成的竹筷，虽然打磨得有些粗糙，棱角分明，有些硌嘴，但山野之气十足，很配这全竹宴。

　　中国人喜欢竹的情结实在是太彻底，把竹种在院里，写在诗里，画在画里，雕成竹刻，做成家具，制成茶器，现在又做成了美味佳肴。

　　就着不大不小的雨漫步竹林间，听着雨点穿林打叶的声音，真的是竹林烟雨最江南。

　　"凛凛冰霜节，修修玉雪身。便无文与可，自有月传神。"

　　其实，"何夜无月？何处无竹柏？但少闲人如吾两人者耳"。

12. 世间一切为之而**停**的茶

2018年春节，无意间犯了一个大错。我知道，自己从小就是一个绝对的完美主义者，很难放下很多人、很多事，尤其难放下的是自己，无论有心之错，还是无心之过。这次依然如此，何况面对的还是近10年间自己犯的最糟糕的一个错。

实在太煎熬！苛求自己的人往往是世间最痛苦的一类人，也是最难改变的一类人，因为苛求自己实际上就是自找苦吃，但江山易改本性难移。一个人在外滩逡巡许久，依然无法原谅自己，实在闹心，信步进了东方明珠旁的国际金融中心。

是大吃一顿，还是……犹豫着，随意踱进了一间英式下午茶坊。

我是传统中式茶忠实虔诚的信徒，没想到英式下午茶也会瞬间吸引到我。

首先是坊间典型的英式建筑装饰风格。

英式建筑与装饰最大的特点是教堂风格，具有一种强烈的仪式感，给人的第一印象是庄严而凝重，不由自主便拘谨起来。而那深邃与幽暗又赋予了它神秘的色彩，使人不禁遐想万千，中世纪的骑士、盔甲、酒窖、传教士，还有修女……

但稍停片刻，其中所蕴含的那股浓郁的英格兰乡村气息，又会让人渐渐产生惬意的轻松之感。或许这就是英伦文化独具的迷人魅力吧。

　　点了英式下午茶中非常古典的一款——伯爵红茶。

　　英国虽是全世界茶叶人均消费量最大的饮茶国度，但英国本身却不产茶。这款伯爵红茶是以印度大吉岭红茶为主要原料，并配以意大利佛手柑油制成的一种传统的调和茶。

中国曾是世界上唯一生产茶叶的国度，最早将茶引进欧洲的是荷兰的东印度公司。

由于荷兰掌控着当时的中外茶叶贸易权，所以，英国只能从荷兰进口茶叶。1652 年，英荷两国为争夺利益而爆发战争，英国打败荷兰，夺取了荷兰的霸主地位，也夺走了世界茶叶的贸易权，从此，英国所需的茶叶开始直接从中国输入。

但真正开创英国饮茶之风的却是葡萄牙公主凯瑟琳。

相传这位公主嫁给英国国王查理二世的时候，嫁妆中有件重要的东西，就是中国的红茶。之后，饮茶之风由这位皇后的个人嗜好逐步发展成为皇室乃至整个英国上流社会的风尚。

到了 1840 年，贝德芙公爵夫人安娜因下午通常都会觉得有点饿，便让仆人每天 4 点整为她准备些面包与红茶，她还会邀请其他好友一起品尝聊天，好友们对此赞不绝口，纷纷效仿。这便是英式下午茶的起源了。

品味颇具英伦文化印记的英式下午茶，应先品尝纯茶，第一泡茶通常会冲泡得浓郁些。印度大吉岭红茶源于中国的正山小种，带有一种特殊的葡萄香味，故被西方称为"红茶中的香槟"。印度大吉岭红茶柔和而细腻的温暖口感，再配以清新而香郁的意大利佛手柑油，这伯爵红茶顿时让我原本紧绷着的情绪渐渐地松弛下来，看来我的选择是正确的。

英式下午茶一定要配些英式茶点。

此时正值午后，我便没有选择"high tea"这种奢侈的方式，甚至没有要英式下午茶中传统的三层茶点架。因为平日里我就不喜欢甜食，"low tea"对我而言已经足够。司康不用提，自然会搭配，我只单独点了些英式松饼。

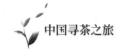

尽管英国人一贯以古板闻名于世，讲究墨守成规，但英式下午茶却是闲暇而恬适的。我开始不再注意优雅与端庄，随意享受起了只属于我的悠闲与自在。

经过两次冲泡之后，当茶汤由浓纯转向清淡时，可以加入奶与糖，制成奶茶。在香郁四溢的奶茶缓缓地催化下，整个人彻底进入舒缓状态。此时此刻，感觉时间都好像暂时停止了；此情此景，好像只有温暖在四处弥漫。

英式下午茶，除了口感与味蕾之外，还有一个美妙的享受，那就是欣赏英国精美的骨瓷茶器。

英式茶器与中式茶器有着明显的不同。首先，英式骨瓷在工艺上具有鲜明的特点，它在原料中加入了动物的骨粉，这样烧制的瓷器不仅质地坚硬轻薄，而且外观晶莹剔透，极具贵族气质。此外，配以英伦味儿十足的各种彩绘图案，让人充分体验到浓郁的英伦风情，也使下午茶平添了几分情趣。

此时，虽然我知道那些烦恼的事情还在，但所有的懊悔、不安、焦虑与伤心都因为英式下午茶而暂时停止了。

就要离开的时候，在餐桌的提示卡中看到了这样一句话："惩罚恶人是上帝的事，我们应该学会宽恕。"——《呼啸山庄》

是啊！

我能从现在开始尝试着学会宽恕自己吗？

曾几何时，我已经忘记了去善待自己。其实在压力中能够善待自己是一种最好的解压方式，就像今天把自己彻底置身于温柔的下午茶之中，让自己温柔下来，让整个世界温柔下来，这也是一种成熟与成长。

成熟，就是能拥有一颗坦然的心，越来越坦然地面对现实，而不是自身变得越来越现实。因为每天努力着的我们，不仅是想改变世界，更是为了不被世界轻易地改变。

我终于体会到了"When the clock strikes four, everything stops for tea"这句话的内涵。

中国有句老话："渡人，就是渡己；渡己，亦是渡人。"人生的长河要学会如何去渡。很多人、很多事如果看不开，舍不得，放不下，那就先背着、记着、留着，总有一天，渐渐模糊了，忘记了，也就自然而然地过去了。要学会，把问题留给时间。

人生有时需要主动按下暂停键。暂停，不仅是一种心态与情商，更是一种能力与智慧。

回过头去，再一次体会了一番"当下午4点的时钟敲响，世间的一切，瞬间都为茶而停止"的感觉，突然间想起，今天竟是农历大年初一。还是暂时放下所有的羁绊，到城隍庙感受一番红红火火的中国年味儿吧！至于其他种种，就让他们该去的去，该来的来。

生于20世纪六七十年代的我们，受到的传统教育是"苛求自己，善待他人"。"善待他人"没错，这正是我们这一代人引以为豪的人格之美、人性之光，但为何要"苛求自己"呢？为何不能像善待别人一样，也善待自己呢？

善待自己，绝对不是自私。善待自己的每一天、每一分、每一秒，就是善待生命、尊重生命。

我对自己郑重地说："从现在开始，我定要全心全意地取悦自己、善待自己，而且要比以往更加珍惜自己。"

13. 日式书店如沐春风的茶

　　书，历来是世间最具生命滋养能力的甘露。读书，可以让心灵远离纷扰，归隐山林，意气平和，独享静美。

　　"书卷多情似故人，晨昏忧乐每相亲。眼前直下三千字，胸次全无一点尘。"

　　每个阶段的人生都离不开书。

　　张天培曾这样说过："少年读书，如隙中窥月；中年读书，如庭中赏月；老年读书，如台上望月。"我读书，不仅如庭中赏月那般舒畅而爽朗，更是一场心灵的旅行与体验。

　　我对书还有一种特殊的感情。

　　我有两个家，一个在南边的广东，一个在大西北的新疆。每年，我都会把当年看过的书邮寄回新疆，存在我的茶室里，不仅为了存书，更为了存下感情，因为每本看过的书都裹满了看书时的感受，我依恋这感受，而且想依恋一辈子。更何况，书是每个人最忠实的朋友，无时无刻地陪伴，让你不会孤单，对你，永远只有全心全意的奉献而绝无半分半毫的索取。

　　已经是第四次来到这家书店了。

　　上海这家由日本著名设计师安藤忠雄设计的书店，是我最钟爱的书店之一，每次来上海，我一定会去，一定要去。

书店位于上海一个超级购物广场之中，但我对于书店之外那金碧辉煌的奢华街区、光影迷幻的霓虹灯、巨型的音乐喷泉、漫天的花海等却毫无一点兴致，因为"书能香我不须花"。每次来这里，便径直进了书店。

我对出生于二战期间一个平民家庭，受尽了磨难，却始终"独自承受孤独与光荣"的安藤忠雄心存颇多敬意。

一进书店的门，便是安藤忠雄著名建筑设计作品的图片展以及安藤忠雄那句流传甚广的名言，"站在黑暗中，朝着眼前的光明，紧紧抓住每一次机会，拼命向前，实现梦想！"

这句话是我不堪回首的 10 年北漂生活中时时不忘的箴言，那漫长的 10 年，还有这句话，曾让我刻骨铭心，疼得不忍回首，也不敢回首。

现在的我，则更加喜欢这一段："在现实社会里，想要认真地追求理想，必然会跟社会冲突。恐怕大都不会如自己所愿，而过着连战连败的日子。尽管如此，仍然不断地挑战，这就是作为建筑家的生存方式。只要不放弃地全力冲刺，总有一天会看到曙光。而愿意相信这种可能性的强韧意志和忍耐力，就是建筑家最需要的资质。"

　　这不仅是建筑家需要的资质，也是每个渴望实现真实自我的人必须具备的资质。曾经的我们为了生活的重担负重前行，需要勇气；今天，追逐梦想中的生活同样需要勇气。为我们自己能拥有这样的勇气而暗暗喝彩吧！

　　这是一家建筑风格迥异的书店，当然，这位被称为"清水混凝土诗人"的所有作品都是那样出人意料的与众不同，水之教会、飞鸟博物馆，还有那饱受争议的"住吉的长屋"。

　　我最喜欢的是光之教会。

　　简约，没有任何附加的装饰，十字架透过的光，就是光明。这应该是最简单直接的光明，最自然原始的光明，最温暖和煦的光明，最触动灵魂的光明。

那摆满了书的曲折环绕的回廊，就像一条书的河流；那层次感清晰分明的书架，则像一片茂密的书的森林。

我最喜欢好似一扇扇窗的书架，如同一条深不见底的书的隧道，面对这隧道会不由自主地心生一股冲动：走进这隧道，一直走下去，永远不回头。如果能这样一直走下去，我会立刻抬脚前行，那将是我今生最幸福的时光。

我曾试想过无数遍一个可能：如果人生可以重来，我是否会选择一条不同的路。每次的选择都不会变：如果真的有这样的机会，我会毫不犹豫地选择去发自内心地做我自己。因为，曾经年轻的我是被生活选择，现在的我要选择生活。

书与茶，是我一生都离不开的东西。对我而言，有书看，有茶喝，人生之幸。每逢困惑、犹豫、无助、无奈，一瓯茶，一本书，便能解我千般困惑、万般无助。茶，就像一片清凉的琼浆，可洗去心尘；书，就像一位谆谆的长者，可解我心忧。

书店的一角有日式茶具在出售。

日本茶道讲求"和、敬、清、寂"："和"，互相愉悦；"敬"，对他人敬爱；"清"，始终保持自我及周围环境的清洁与整齐；"寂"，闲寂，摒除一切多余之物。日式茶具沿用着日本茶道简素质朴、返璞归真的和风之美，很合我的心意。

独坐一隅，用日式茶具泡一壶日本焙茶。

因历史的缘由，我对日本这个国家始终心存芥蒂，但是对日本茶还是非常心仪，音乐是没有国度的，那么茶应该也没有国家、民族的界限。

日本茶，其实品质非常高，如玉露，其香被称为不食人间烟火之香；如日本茶道的主流——抹茶，已走遍了世界的角落；如日本人日常生活中最常见的蒸汽杀青的煎茶；如甘甜醇厚的番茶；还有国人已日益喜爱的，以炒香糙米与番茶或煎茶制成的养身之茶——玄米茶等。

今天我选的这一款焙茶，是日本绿茶中唯——种用火加工炒制的茶。

焙茶，以火烘"焙"而成，又被称为烘焙茶。

焙茶是以大火炒制番茶至散发出焙香味后加工而成的茶。品质好的焙茶汤色金黄，清澈明亮，蕴含着独特的烘焙香味。

渐渐地，焙茶浓厚的炭香与满屋醇醇的书香萦绕在了一起，这味道让人如沐春风，如痴如醉。

书店中，无意间看到一对父女。女儿正襟危坐地看着书，很安静，很专注，尽管看着只有五六岁的年纪，却流露着一股书香之气熏陶过的明朗气息。旁边的父亲则是一脸的平和。

赏着这动人的一幕，突然间冒出了这样一个问题：人到底为何要坚持读书？

思量片刻，我这样回答："读书是为了持续获得保持自己纯真的力量，能够始终坚持对美好的向往，支撑起风骨而不向苟且低头，不向试图懦弱的自己投降。"这应该就是千百年来，人们始终推崇读书的原动力吧。

而我已几近半百之躯，不再像年轻时那样，以了解世界为读书的主要目的，而以曾经的生活经历与感悟去读书，以读书去寻找人生的意义与生命的真谛。当未来未知的一天，不得不离开这个世界的那一刻，可以坦然面对，无怨无悔。

安藤忠雄是一个很"真"的人。这种纯粹的本"真"有时会毁了一个人，但有时也会成就一个人。关键在于那个人是否能对这"真"始终保持着虔诚，并始终坚守。

在日本，像这种本真的艺术家还有很多。比如葬身熊爪的传奇摄影师星野道夫，也是我极其崇敬之人，每看他的作品，都是一次心灵的激荡与洗涤，让我无比渴望能和他"走过相同的时间之河"。

最后，还是用安藤忠雄的一段话来结束吧："一个人真正的幸福并不是待在光明之中。从远处凝望光明，朝它奋力奔去，就在那拼命忘我的时间里，才有人生真正的充实。"

14. 古徽州带给我清**欢**的茶

一提到安徽，首先联想到"徽"字和传统的"徽文化"。然后，脑海中浮现出的就是白墙黛瓦、砖雕门楼的徽派建筑，以及水中古风犹存的灰色倒影画面。

古徽派建筑总给人一种不真实的感觉，呈现在眼前的好像不是立体的庭院，更像是一幅平铺着的浓重的水墨画卷。

来到徽州我选择了祁门，因这里是古徽州一府六县之一，是传统徽文化的鲜明代表地之一。此外还有如诗书画卷般神奇的牯牛降历溪，绝对是现代都市人休养身心的理想之处。当然，对于茶人而言最重要的还有茶。

朴，是一种内在的力量；素，是一种唯美的韵味。庄子曾说过："朴素而天下莫能与之争美。"

牯牛降历溪的朴素是简单，不加任何复杂的修饰；是坦荡，不做任何雕琢的遮掩；清澈透明，宁静自然。

"汲来江水烹新茗，买尽青山当画屏。"好一个大巧若拙、大智若愚的祁门。

我喜欢祁门的院子，适合守静彻冗，韬光韫玉。

"致虚者，天之道也。守静者，地之道也。天之道若不致虚，以至于达到至极，则万物之气质不实。地之道若不守静，以至于至笃至实。天地有此虚静，故日月星辰，成像于天；水火土石，成体于地。"

守静，是一种自我修复身心的方法，能让自己外无所见，内无所思，凝神内守，坚定不移。

祁门的院子，让人想起郁达夫《故都的秋》中所写的院子："早晨起来，泡一碗浓茶，向院子一坐，你也能看得到很高很高的碧绿的天色，听得到青天下驯鸽的飞声。"

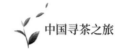

　　我尤其喜欢院子里铺的那略带斑驳的青砖，低沉、厚重、质朴、平实，让人心安。但凡遇到晴朗的日子，便随手放一把藤椅在院子的一隅，沏一壶暖暖的祁门红茶，让阳光晒着自己懒散的身躯，看头顶的云朵慢慢地划过，享浮生的日子缓缓地流过。这便是我多年始终眷念的守一方心宁的院子情结。可惜至今未能如愿。

　　"院子梦"应该是很多都市人的共同渴望或难舍情缘吧。

　　祁门最让我魂牵梦萦的还是祁门红茶。

　　红茶，一直是我情有独钟的一款茶。但钟情的原因却随着岁月在不断变化，这个变化的过程也是一路走来的心路历程。最初我喜欢红茶扑朔迷离与蒙眬暧昧的时尚范儿，就像很容易触发情愫的红酒，不小心就会上演一场不期而遇的邂逅故事。后来，我开始喜欢上红茶的厚重，让人感觉温暖与踏实，不仅暖心暖情，还会心生一种慵懒的依赖之感。而现在，我则喜欢红茶的清欢。

　　茶本清心凝神之物，代表着清寂的意境，但是红茶却可在清寂之中带给你一丝独享心欢的特殊感觉。

　　"清欢"二字出自苏东坡之口："雪沫乳花浮午盏，蓼茸蒿笋试春盘。人间有味是清欢。"

　　苏东坡口中的清欢，还是林清玄领悟得透彻："因为试吃野菜的这种平凡的清欢，才使人间更有滋味。"

　　林清玄解释为：清淡的欢愉。

　　我自知不是九华山上不食人间烟火只追求仙缘的神仙，也做不了只顾世缘的粗茶淡饭的道家弟子，内心喜欢"清"，但现实中也离不了"欢"，秉承一种追求内在滋味的生活态度，而清欢就是这样一种滋味。

祁门红茶，带给我的就是抚摩与慰藉内心寂寞的清欢。

好似祁门拂过的夜风，清冷但不凛冽，寂静却不会萧条。然后发现，被恬静洗涤之后的世界更深远、更清澈、更宁静，也更怡人。正所谓淡泊名利，宁静致远。

祁门红茶，是我国著名的历史名茶，1915 年就获得巴拿马万国博览会的金奖，被誉为中国十大名茶，还与阿萨姆红茶、大吉岭红茶、锡兰红茶并称为世界四大红茶。

祁门红茶最大的特点就是香。既有兰花的清香，又有蜜糖的甜香，还有水果的果香，香气醇厚持久，隽永高亮。因为其香气独特且无法比拟，所以被直接定义为"祁门香"。

一轮清月，一片清风，一盏清冽，一心清欢。

凝望着祁门寂静的桃花源，小酌一口祁红，禁不住轻吟："山绕清溪水绕城，白云碧嶂画难成。"

15. 黄山脚下满满**爱**意的茶

还是 12 年前来过黄山，这次是故地重游。

黄山，集泰山之雄伟、华山之险峻、衡山之烟云、庐山之飞瀑、雁荡之巧石、峨眉之清秀为一身，徐霞客那两句"五岳归来不看山，黄山归来不看岳"最能展现黄山不可逾越的秀美风光。

黄山有三绝：奇石、怪松与云海。这次到黄山，却意外地发现了它的第四绝。

是茶吗？也是，也不是。

落地合肥新桥机场，再转乘高铁到达黄山市，已近凌晨。先住下，赶紧睡觉，抓紧时间养精蓄锐。因为第二天的计划是爬黄山。黄山与其他名山一样，都有索道，但我还是喜欢爬。

早晨起来在酒店吃早餐，无意间在餐厅的壁上看到了这样一个故事：

1986 年，36 位来自上海的青年男女不约而同到黄山旅游，由于黄山的道路蜿蜒曲折，坎坷难行，贪恋风景的他们不小心迷了路被困在了一条不知名的峡谷中。接下来的三天三夜里，素不相识的他们彼此照顾，克服了种种困难最终得以脱险。

虽然经历了意外的惊险，但在那条美丽而神秘的山谷之中，他们也共同度过了人生中最难忘怀的一段时光。

之后他们惊魂未定地回到了上海。

或许由于那次从天而降的邂逅实在是太离奇，也太珍贵，其中有 10 对男女先后结成了终身伴侣。尽管他们当中很多人是在峡谷内才初次相识。

传说，那条峡谷内藏着一种特别的仙草，闻了它的芬芳，便会心生浓浓的爱意，正是这仙草促成了这神仙般的姻缘。

两年后，他们相约一起来到这条峡谷重温那段怦然心动的往事，感慨之余联名写信给当地政府，请求把这条峡谷改名为"情人谷"，没想到竟得到了批准。从此，当地已沿用多年的原名"翡翠谷"反而被人们渐渐地淡忘了，而现在的"情人谷"却无人不知。

听了这个故事，我的好奇心一下子就被勾了出来，找到当地人一打听，确有其事。

这到底是条怎样的神秘爱情之谷呢？还有那神奇的仙草是真是假？此时我非常清楚此次的行程已被提前安排满了，根本不可能腾出多余的时间去造访这个情人谷。怎么办？犹豫再三，最终还是毅然决定放弃登黄山，改去这个爱情之谷一探究竟。

情人谷，就在黄山风景区脚下的汤口镇山岔村。峡谷并不很长，大概只有两三公里，却星罗棋布了 100 多个多姿多彩、形态各异的彩池。这些彩池在阳光的照耀与周围景致的配合下，绚丽多姿，变幻莫测，加上池底石质的纹路映衬，真的就如同一块块碧绿的翡翠洒落谷间。

谷中怪石嶙峋间潺潺流淌着一条"碧玉溪"，就像是一条玉带把一块块美丽的翡翠巧妙地串了起来。

谷中还有很多清新秀丽的竹林。

我最喜欢苏东坡诗中的竹子："宁可食无肉，不可居无竹。无肉令人瘦，无竹令人俗。人瘦尚可肥，士俗不可医。"

《卧虎藏龙》中飞瀑踏波的彩池与竹梢舞剑的竹林取景地就在此处。就连大侠李慕白都动了情，何况我呢？

峡谷立有多处石刻，上面荟萃了历代名家所书的 100 余个"爱"字，把爱留在磐石之上，浪漫至极。

　　情人谷也有茶。情人谷的茶，那可是被评为中国十大名茶之一的黄山毛峰。

　　黄山毛峰，由于其周身披满白毫，产于黄山而得名。形如雀舌，绿中泛黄，恬雅如兰，韵味悠长。

　　黄山的产茶历史已有上千年，据史料记载，早在宋朝嘉祐年间黄山已经开始种茶。到了明朝，黄山云雾茶已成了当时的名茶。就连日本茶道也对黄山之茶有所记载，日本荣西禅师于《吃茶养生记》中言："黄山茶养生之仙药也，延年之妙术也。"

　　黄山，峰峦叠嶂，山高谷深，土质松软，土壤肥沃，溪多泉深，温暖湿润，非常适合茶树的生长。"晴时早晚遍地雾，阴雨成天满山云。"黄山终年云雾缭绕，更有利于产出好茶。还有就是遍地开满象征着纯贞爱情的兰花，山花烂漫，漫山都弥漫着爱的芬芳，原来这就是传说中爱的仙草，难怪这里所产的黄山毛峰蕴含着一种空谷幽兰般的爱的味道。

　　情人谷，一块充满爱意的人间净土。

　　出了情人谷，天色已近黄昏，不可能去黄山了。

　　今天已沐浴了满满的爱的芬芳，品尝了满满的爱的茶香，没有什么遗憾了，还管他什么"黄山归来不看岳"。何况人生的画卷不在于铺满，而在于恰如其分的留白；人生的魅力不在于完美，而在于对缺憾的回味。

16. 信阳道家的茶

人类的哲学有两个起源。

一个是古希腊哲学，代表有著名的哲学家苏格拉底、柏拉图、亚里士多德等；其中，我最喜欢柏拉图，是因为他的"洞穴寓言"：探索真理是个痛苦的过程，但更加痛苦的是，经过探索得知了真理之后，依然选择愚昧。

古希腊哲学的特点，是对未知世界的无限追求。有很多的哲学家为之付出了生命，比如饮毒液而死的苏格拉底。

另一个起源就是中国的老子哲学。

老子早在春秋时代就骑着大青牛，以《老子》也就是后人所称的《道德经》开创了道家学派。

"道，可道，非常道。名，可名，非常名。无名天地之始，有名万物之母。"

"天之能长久，是听任物之自化，万物之自然。"

"圣人之道为而不争。夫唯不争，故天下莫能与之争。"

"知止不殆，可以长久。"

"知人者智，自知者明。胜人者有力，自胜者强。"

这就是老子，这位道教的始祖，"太上老君"的道。

《道德经》发源于古老的中原大地——河南信阳。

河南地处中原，历史非常悠久，到了河南一定要去博物馆看看中原文化的起源。

到了郑州博物馆门口，却发现等候参观的人早已排了长长的队，足足有 1 公里多。算了算计划去信阳的时间，应该够，既来之则安之，排吧！

元代登封观星台的宏伟造型突出表现了中原文化的特性。馆中的藏品也很值得品味与欣赏。

难道西晋时期已经有了茶洗？

在郑州博物馆有一个意外的收获，得知了"张"姓的起源。

"张"姓起源于"姬"，张姓的始祖叫张挥，是弓矢的发明者。难怪我的性格中有几分武夫的豪莽之气。

还有更意外的发现！

"王"姓竟然也起源于"姬"，但与"张"姓的"姬"完全不同，王姓的始祖是东周太子姬晋，难怪我们家的"王"总是管着我这个造弓箭的工匠。

不管去哪里，我都离不开茶。河南也有好茶，信阳毛尖，这次河南之行的目标就是它。

　　信阳位于河南的南部，邻近湖北，历史上信阳这个地方基本上都是属于湖北辖地，所以不少信阳人都把自己当成湖北人，而不当成河南人。就连郑州的出租车司机一路上都和我调侃："信阳人都是白白净净的，不像我们河南人黑不溜秋。"

　　信阳毛尖，外观细、圆、光、直，具有多毫、高香、味浓、汤绿的特点。有人戏称信阳毛尖"小浑淡"，最能代表其特点，"小"是因为其芽头小而嫩；"浑"是指茶毫丰富，冲泡后茶汤显得非常浑浊；"淡"则是指茶香清淡。

　　信阳毛尖有着自己的独到之处。在采摘时要求采茶工不采蒂梗，不采鲜叶，只采芽苞。盛装的容器也非常讲究，用透气性好的光滑竹篮，不挤不压，摊晾 2 ~ 3 小时后趁鲜炒制，为保茶鲜，当天鲜叶当天炒完，绝不过夜。

　　信阳的主要产茶区，被称为"五云两潭一寨"，即车云山、集云山、云雾山、天云山、连云山、黑龙潭、白龙潭、何家寨，其中最出名的却是商城大别山的高山茶。

　　茶亦有道，茶道与道教之道，其实相通。

　　道，自然也，就是万事万物内在的自然规律。

　　茶道，就是茶人品茶与为人的精神、道理、规律与本源。

　　修行是茶道的根本。茶道的修行为"性命双修"，修性即修心，修命即修身，性命双修即身心双修。修命、修身，也谓养生，在于祛病健体、延年益寿；修性、修心在于志道立德、怡情悦性、明心见性。

　　茶道，给了不同社会阶层的人士以自由选择和充分发挥的空间，无论学者、市井，无论贵族、布衣，也无论男女老幼，都能从不同的角度解读茶之"道"。但是，崇尚的都是自然、质朴、真实与平淡。

茶，可以是饮料，可以是文化；可以是现实生活，可以是精神寄托；可以饮、可以品、可以读，也可以悟；茶道也成了为人处世之道。

品茶是修养，不是修炼；是修为，而不是无为。

我心之道就是保持一颗平常之心。雨来赏雨，风至听风；赏得淡定，听得从容。有俏不争春的风范与静看尘世的气度，懂得握紧双手，手中无物；松开双手，手中乾坤。做得到沉而不沦，起而不傲，不念过去，不畏将来。同时还要有一颗敬畏之心，敬天地、敬公理、敬仁善、敬自然。

在道家的发源地，品着信阳毛尖，就得收敛些早已习惯了的自在的情怀，"夫唯不争，故天下莫能与之争"。

不争，不是不屑，不是不值，也不是不敢，更不是不能，而是不必。

17. 开封相国寺的点茶

开封，在古代可是个了不得的地方。

开封是著名的八朝古都，最早是夏、商及战国七雄之一——魏国的国都，最显赫时还是宋朝。宋朝时，开封叫汴梁、汴州、汴京、东京等，就是"直把杭州作汴州"的那个"汴州"。

北宋时期，开封已成为世界第一大城市，人口超过百万，"汴京富丽天下无"，其曾经的繁华，《清明上河图》就是最好的佐证。如不是后来金国入侵，北宋在"靖康之耻"中丢了都城，那开封更要富甲天下了。

此外，我们这些"60"后、"70"后，少年时代曾经日思夜梦的评书"天波杨府的杨家将""开封府的包青天""相国寺倒拔垂杨柳的花和尚""大闹东京的水泊梁山好汉"，这些脍炙人口的人物与故事更是让开封如雷贯耳。惦记开封很多年，始终没机会去，这次探亲中转，专门腾出一天以了夙愿。

去开封一共两个主题，一个是相国寺，一个是茶。

相国寺，战国时名满天下的四公子之一——信陵君的故宅。唐睿宗赐名相国寺。

相国寺与其他寺院相比，我最敬它的藏经楼，甚是宏伟。还有相国寺的镇寺之宝，清乾隆年间一无名艺人用一棵完整的银杏树，耗费 58 年雕刻而成的四面千手观音像，每只手掌中刻有一眼，一共 1048 只眼，又叫"千手千眼佛"。

说句得罪佛祖的话，我不太喜欢处于市井包围中的寺庙，就像相国寺，周围实在是嘈杂，外围的现代建筑也总给人一种违和感。置身其中，人总是难以彻底地静下来，不如妙山灵水之间的寺庙有仙气、有灵气、有正气、有佛气。

到开封，还有一个重要的主题，茶。

茶的发展历史中，唐宋是一个非常重要的时期。

喝茶在唐朝之前叫吃茶，也就是"煎茶"，用茶方式以煎煮为主。到了宋朝开始叫饮茶，也就是现代的冲泡方式，有了闻名遐迩的"点茶"。故，关于用茶有"唐煮宋点"的说法。

宋朝时期的茶还有一个特点，"蒸青"，就是以蒸汽杀青，这种方法后来被日本人带去并传承至今，也成了今天日本茶道的起源。而日本茶道中的两大主流，"煎茶"与"抹茶"，其中"抹茶道"就是沿用宋朝时期的"点茶法"。

点茶的全部情趣与意趣就在于一个"点"字。

"点茶"就是先用专门的茶瓶煎水，并将研磨很细的茶粉放入茶盏，陆续注入沸水，将茶末调成浓膏状，然后将茶瓶内煎好的沸水往茶盏中有节奏地点，要求落水点准确，不能破坏茶面。与此同时还要用另一只手执茶筅旋转打击并拂动茶盏中的茶汤，使之泛起汤花。

点茶有几个需要特别留意的事项。

第一，点茶所用的茶要焙透；第二，碾茶要求碾得很碎，还要用很细的筛子去筛，这样点出来的茶才会有丰富的泡沫；第三，碾出来的茶粉如久放会变色，所以要随点随碾；第四，调膏一定要调至浓膏状；第五，注水要有节奏。

实在是个技术活！不过对于饮茶的过程与形式，我却觉得还是随性、轻松些更符合茶源自草木之间的自然本性。

距离相国寺不远有条街叫"书店街"，多雅致的名字！

据说，开封的书店街与日本东京的神田书街是世界齐名的两大古街，我想一定有着浓郁的书香味道与厚重的书卷气息。

远远望去，"书店街"的牌坊倒没有什么特别之处，中规中矩。走近之后，大失所望。沿街都是一些低端的地方小吃，哪里有什么书香？最多的不是书，而是"烤面筋"。不知日本东京的神田街到底是什么现状，但原打算在书店街树立起满满的民族自豪感，瞬间却被沮丧彻底打败了。

酷爱读书、嗜书如命的我原以为可以好好地享受一番书的饕餮盛宴，没想到满打满算就找到了两家书店，还只有一家在营业。不知街边那组古人读书的铜雕像还能否唤起现代人读书的欲望，反正已成了孩童们嬉闹的道具。

想想也难怪，现在的人看书基本就是电子书，我这样一个只看纸质书的人早成了陈腐旧物。不过不管社会发展至何时，我想，我依然会坚持看纸质书，因为我始终觉得书是一种情怀，就是舍不得那股墨香，离不开那股纸香。

情怀这个东西，对于某些人而言很轻，对于某些人而言却很重，重得一旦失去，就立刻变成了一副灵魂出窍的躯壳。

我始终改不了螳臂当车的迂腐之气，但也从不怕人耻笑我的不自量力，我就想用单薄的螳臂去阻挡所谓的"时代车轮"，决不放弃抵抗，哪怕被碾得粉身碎骨也在所不惜！

实在是如鲠在喉，不吐不快。有些愤然的我走进了其中的一家书店，说什么都得买一本书，就当为重新撑起纸质书摇摇欲坠的江湖地位，尽一份或许无谓的微薄之力吧。

饿了，吃饭！

开封的炝锅烩面和蒜泥羊肉还是很地道的。

独自生了许久的闷气，这会儿想想，何必呢？先吃饱这顿再说！

吃饱了，也想通了，也不那么愤慨了。你读你的电子书，我读我的纸质书，还是各得其所吧。

18. 楚地恩施纯贞的茶

湖北恩施，战国时楚国的领地。

一提及楚地，男人们大多会顷刻间热血沸腾，因男人心中都有一个共同向往的神——楚霸王项羽。但是一想到霸王别姬，自刎乌江，却又让人扼腕叹息。为何不肯过乌江？"江东弟子多才俊，卷土重来未可知。"似乎楚霸王输不起。

"力拔山兮气盖世，时不利兮骓不逝。骓不逝兮可奈何！虞兮虞兮奈若何！"难道盖世英雄也"奈若何"吗？我想，不然，楚霸王心里一定有自己的答案。

古今或许只有李清照懂项羽。

"生当作人杰，死亦为鬼雄。至今思项羽，不肯过江东。"

一首《夏日绝句》着实把项羽与生俱来的英雄气概挥洒得淋漓尽致，每读，必让人血脉偾张，禁不住仰天长啸。真正的英雄绝不会低下高傲的头颅而忍辱偷生！有尊严的死与没尊严的活，项羽无疑选择了前者。卧薪尝胆、胯下之辱岂是那血性项羽所为！我相信，即使是那要了项羽的命，开创了大汉基业的刘邦，在项羽面前也会黯然失色。

至于鸿门宴不杀刘邦，我想定不是项羽愚蠢，而是不屑，真正的男人不会轻易放下自己的骄傲。

刚者易折，刚勇与骄傲，最终也让项羽悲壮殒命。

　　自此，项羽成了无数男人最想成为，却永远都不可能成为的千古神话与传说。

　　但作为男人，最羡慕的应该是项羽能拥有愿与他同生共死的女人，且是普天之下最美的女人。面临死境能有虞姬相伴，这个男人也足以称得上世间最幸福的男人了，即使拔剑自刎也必是嘴角带着笑的。这时，若换成任何男人应该都不会有丝毫的犹豫，只想赶紧赴黄泉之路追上自己心爱的女人，继续恩爱缠绵，至于是天堂还是地狱，似乎都不重要了。

　　都说"湘女多情"，而虞姬则演绎了"楚女多贞"。

　　楚地，男雄与女贞竟都如此忠烈！

　　无论是项羽的"雄"还是虞姬的"贞"，我想，他们内心一定都充满了纯，只有纯贞之人才能爱得如此痴狂坦荡，死得如此慷慨激昂。到了楚地，到了恩施，就是到了纯贞之地。

　　恩施，我最喜欢的是七姊妹山。

　　据说这七座紧密相连的美丽的七姊妹山就是七仙女下凡之所在。又一个纯贞的爱情神话。不过，倒也丝毫不觉得意外，想这楚地之上哪会有什么平常之地。就像这"擎天一柱"，如同楚霸王立于天地之间，傲视群雄。

　　想那虞姬舞剑自刎时一定是如此思量：如若楚霸王已逝，自己孤零零心筑高墙终此一生，倒不如在至爱之人的怀中终结生命，让爱永生。

　　为了董永，七妹连天上的仙也不做了；为了许仙，白素贞连地上的妖也不做了；为了楚霸王，虞姬连命都不要了。

　　爱是生命中最纯粹的元素。

　　为了爱，没有什么值得不值得，或许只有爱才能让人生出如此纯粹的心念。因为有爱的人生才不负芳华，有爱的生命才圆满无憾。哪怕无果，哪怕受伤，哪怕心碎，哪怕身死，哪怕就只有一次。

　　恩施的茶也同样不同凡响，似乎这楚地就没有什么平凡的人与物！

　　恩施玉露茶与中国其他的茶都不同。不同之处在于，恩施玉露茶为蒸青绿茶，即蒸汽杀青，而非其他茶类的锅炒杀青。

　　这蒸青可是中国最古老的制茶之法，后来传到日本，日本沿用至今，我国制茶倒不怎么使用了。听说目前中国仅剩恩施玉露采用蒸青之法，所制之茶异常清纯。

　　恩施玉露，茶色青翠，茶香清爽，色碧如玉，沁人心脾。

　　日本也有玉露茶，其制作之法与恩施玉露异曲同工，口感各有千秋。关于玉露之清香，日本人称之为"覆香"，"覆"，也就是覆盖，是一种由内而外散发的内敛的香气。故，日本人尊玉露为最高级别的茶。

　　轻轻酌饮一口，唇齿之间满满清纯之香。闭目慢慢体会，这纯粹的"清"是一种不食人间烟火的"清"，这蚀骨之清，即使已离开了你的舌、你的唇、你的口、你的眼，也会在你的心灵深处留下永远难以磨灭的印记。

这"清"，用眼是看不到的，用手是触不到的，用舌也是尝不到的，只能用心去感受。

不知不觉这味道淡忘了，但时不时又会自己跑出来，钻进你的意识空间去折磨你一番，等你想再一次抓住它时，它却又一溜烟儿消失得无影无踪。

这清纯的感觉像什么？像初吻。因为这清纯可以让你久醉不醒，这滋味只有初恋的人懂，只有玉露茶懂。

无论国王还是平民，无论贤达还是布衣，也无论青涩少年还是耄耋老者，恋爱中的人都是少男少女。

51 年前的丹麦女王玛格丽特在亨里克的眼里就是世间最美的女孩。51 年后，亨里克用花海在自己的葬礼中为挚爱一生的女人谱写了最美的丹麦爱情童话。

"我爱你，直至生命最后一刻，直至死亡将你我分开。"

能不顾一切地爱一回，是人生弥足珍贵的机缘；能在午后的暖阳下看看书，品一杯玉露，同样是人生难得的幸事。

19. 赤壁古战场空留残梦的茶

还没到赤壁，先吟起苏轼的《赤壁赋》。

"大江东去，浪淘尽，千古风流人物。故垒西边，人道是，三国周郎赤壁。……遥想公瑾当年，小乔初嫁了，雄姿英发。羽扇纶巾，谈笑间，樯橹灰飞烟灭。"

苏轼的眼中，周瑜绝对是一个"千古风流人物"。罗贯中却把周瑜写成了一个嫉妒心强的气量狭小之辈，最后，竟怒气填胸而死，这是《三国演义》中我最无法接受的桥段。历史上的周瑜是赤壁大破曹操的一代名将，且风流倜傥，精通音律，江东皆称"周郎"。

"世间豪杰英雄士，江左风流美丈夫。"

赤壁，"一将成名万骨枯"之地，也是至今唯一保持历史原貌的古战场。"乱石穿空，惊涛拍岸，卷起千堆雪。"果然有几分煞气。

没想到，距离赤壁古战场不远处，却有如此温柔之所在。想必气宇轩昂、风流儒雅的周郎与闭月羞花、倾国倾城的小乔闲时常来此处饮酒弹唱，挥洒了无尽的英雄美人的浪漫故事。

如此湖光山色，如此风华绝代相伴，如此周郎羡煞世人。

在那"比死还要痛苦"的时代，无"容身之处"的世界，尽管如同斯嘉丽与艾希礼般抱着"无论发生什么事，我都会像现在一样爱你，直到永远"的信念，这中国版的"乱世佳人"，结局依然残破不堪。

玉树临风、文武兼备的周郎年仅36岁便溘然长逝，实在让人悲不自胜，看来自古便天妒英才。而暗夜孤枕、红颜暗消的一代佳人小乔，空留一片残痕碎梦，不免日渐暗淡，空悲切。"人生若只如初见"，最终落得个黯然凋零。

不是周郎负了约定，才子佳人的故事似乎永远都是神话。原来海誓山盟要一生携手同行的人总会在某个路口突然离散，无论多么美好，无论多么不舍，谁也逃不过命运之神的安排。人生后半段的路大多注定要一个人独自行走，天地之间，两不相忘也好，泪湿衣襟也罢，最终难免阴阳两端，一个人孤零零的高山流水，一个人凄切切的细水长流。

有时在想，小乔是怎样度过没有周郎的下半生？或许只能在梦中与周郎相遇，永远都不想有梦醒的时分。但我还是祈求托梦之神别让周郎再进入小乔的梦里，因为梦终会醒，梦醒时更加落寞，更加凄冷，更加残忍，更加肝肠寸断。

"拣尽寒枝不肯栖，寂寞沙洲冷。"

很多拥有，无法真的长久拥有；很多失去，却是一生一世永久的失去。滚滚长江东逝水，浪花淘尽，青山依旧在，与谁夕阳红？若想再相逢，终须待来生。为何有的人生会如此惨淡，如果提前知道自己的人生竟是这般雾惨云愁，不知道他们是否还有勇气来到这人世间走这一遭？

如果你有深爱并爱着你的人，就紧紧地握住她的手，无论如何也别松开。因为一旦松开，她便会跌入无底的深渊，而且会一直跌，一直落，永远都到不了谷底。

关于深爱与分离中的女人，三毛的故事最是透彻。

荷西问三毛："你要一个赚多少钱的丈夫？"

三毛说："看得不顺眼的话，千万富翁也不嫁；看得中意，亿万富翁也嫁。"

"说来说去，你总想嫁有钱的。"

"也有例外的时候。"

"如果跟我呢？"

"那只要吃得饱的钱就够了。"

"你吃得多吗？"

"不多，不多，以后还可以少吃点儿。"

就这样，撒哈拉沙漠见证了两个人的婚礼。

女人的爱情总是与男人不同。有时我会想，女人爱的到底是人，还是情？或许真的如拜伦所言："只在初恋时，女人爱她的恋人，这以后，她所爱的就只是爱情。"女人的世界，我真的不懂。关于这个问题，或许只有三毛这样的女人才能回答。

三毛的爱情最终却也是"每想你一次，天上飘落一粒沙，从此有了撒哈拉……"

我想，如果有的选，小乔宁可嫁的不是"风流美丈夫"，而是只管她能吃饱饭的平凡男人。但又能怎么样？荷西不也把三毛一个人撇下，连一句诀别的话都没来得及说，就急匆匆地独自走了吗？

"埋下去的是你，也是我，走了的，是我们。"离开沙漠时的三毛对荷西，对自己，对爱情，对生命说了这句只有经历过真爱的人才会懂，才会信的话。

不过，我知道，相爱的两个人，先走的那个一定是幸运的、幸福的。而留下的那个茕茕孑立、踽踽独行之人，却是最不幸、最可怜的。

"感谢上天，今日活着的是我，痛着的也是我，如果叫荷西来忍受这一分钟又一分钟的长夜，那我是万万不肯的。幸好这些都没有轮到他，要是他像我这样地活下去，那么我拼了命也要跟上帝争了回来换他。"

面对这份爱让我禁不住自私地祈求上苍，那一天来临时，一定让我先走！因为我知道自己有多脆弱，我怕我承受不了。

爱上一个人，需要一小时？一天？一月？一年？忘却那个爱的人，却要一辈子。

赤壁出产名茶，松峰。这"松峰"二字还是明朝开国皇帝朱元璋所赐。

松峰茶有一个突出的特点：讲究。

采摘松峰茶就是件非常讲究的事，有雨天不采，风伤不采，开口不采，发紫不采，空心不采，弯曲不采，虫伤不采等"九不采"的规矩。制作依然很讲究，需经杀青、摊晾、初焙、初包、再摊晾、复焙、复包、焙干8道程序。

人生如梦，往事如烟，一樽还酹江月。

赤壁江边，用这杯讲究的赤壁松峰茶，在这曾经烽火连天、刀光闪闪、金戈铁马、血肉横飞的古战场敬这对旷世才子佳人，敬天下豪杰。

20. 咸宁桂花镇的桂花茶

　　桂花香，香飘十里，的确如此。

　　桂花盛开的季节，整个桂花镇沉浸于一片馨香之中，只要一推开窗，那迎面而来的香气便会告诉所有的人，深秋到了。这香无法用语言描述，只能闭目深嗅，细细体会，然后告诉自己，这香到底是什么滋味。

　　湖北咸宁的桂花镇，是著名的桂花之乡，距离咸宁市区也就 10 公里。桂花镇的桂花，有着悠久的历史，100 年以上的花树处处皆是，有金桂、银桂、丹桂、月桂，数不清的桂花品种。花朵硕大，花瓣肥厚，花色明丽，花香浓郁。

　　我最喜欢金色的桂花。

远远地，你是看不到桂花的，让你不知香从何来。走近了，却"叶密千层绿，花开万点黄。天香生净想，云影护仙妆"。金灿灿的纤碎花朵要么藏在了叶片下，要么簇拥着枝干，悄无声息地散着稠缛香气，瑟瑟秋风之中，不负风华绝代。

桂花没有牡丹的国色天香与富丽华贵，也没有玫瑰的婀娜多姿与艳丽色彩，但就是惹人喜爱，只因它有淡雅清幽的香气。不仅香，更难得甜，尤其在初寒之秋，甜得是那样的温暖。

"不是人间种，移从月中来。广寒香一点，吹得满山开。"

由于常年生活在西北，特别是到了冬季，一片苍茫凋敝，故，看到鲜艳的花儿尤感欣喜。

采桂花，当地人都是用长长的竹竿"打"，而我，却喜欢像小时候那样"摇"。树下先铺满竹席，抱着树干一阵摇晃，漫天便落下纷纷的桂花雨，头顶、肩膀、手臂都落满了花朵，你可以张开手掌，接下一捧似米粒般脆嫩的花儿，此时此刻，满地、满身、满眼、满心都是桂花的芬芳，无论是谁都会自然而然地漾出孩子般的笑。儿时，这是个顽皮的恶作剧；长大了，却成了最美的游戏，且总是玩不够，玩不厌。

当我还是个孩子的时候，天天盼着长大，盼着自由，不再受父母、长辈、老师的管束，那时的时光好慢，如静止一般。长大之后时光变得飞快，就像溜冰，一不小心就溜过了中年，却又极度怀念儿时的时光。原来，人一生之中只有孩提时代才会有真正的自由自在与无拘无束；原来，现在的我只能用这种方式来重温我的少时华年。

回忆，就是最美的，但也只能成为过去的情缘。

不管是"打"还是"摇",都是为了保证花朵完整,而且要选对时节,早了,摇不下来,晚了,便自行落了,自行落下的桂花便没有那么香甜了。

"摇"桂花要选没有雨的天气,不仅摇花的时候没有雨,摇下后的若干天也不能有雨。摇下的桂花中有一同落下的枝叶及其他杂物,认真拣出,然后将干净的桂花置于阳光下晒干,这通常要好几天。

晒干后的桂花犹如金玉满堂,煞是诱人。

因为桂花,咸宁产桂花茶。

当地人会按照一定的比例将晒好的桂花与绿茶掺在一起,称为"窨"桂花茶,其实就是"熏"。我却喜欢将干桂花与绿茶掺在一起,直接冲泡。当然,也可以按照自己的茶性选不同的茶类,如和红茶、白茶、青茶等掺杂制作桂花茶,各有其韵。

泡出绝佳的桂花茶并不简单,首先要注意花量,一杯只需3～5朵花,不宜过多,多则只香不馨;水温80℃即可,需多泡一会儿以便让干桂花慢慢复苏,沁出自然的花香;还要注意不可焖杯、焖壶,一焖,便香气尽腐。

我对茶事历来不将就,对自制桂花茶也是如此。

人生不同的阶段都会有不同的喜好,对同一物的喜好程度也会不断地变化,唯独对茶,始终处于相适相伴的平静状态,对它的感觉从未增减,也未改变。或许这种平静的相适相伴,才最稳定、最长久,就像举案齐眉的感情。

年少时,我们都期盼生命能波澜壮阔,现在才懂得,越是没有故事的人生,才越幸福。

夜晚，一个老人家推着架小车缓步走在没有几个行人的寥落街道，他一声不吭，不急不忙地把小推车停到了路边。打开了白色的盖布，虽离得很远，一股浓郁的桂花香气还是直接就扑面而来。

桂花糕，可是咸宁的传统特色小吃。

现在的桂花糕有很多新颖做法，有些做法还很时尚，我最喜欢的还是传统的蒸糕，且要热着吃，花香四溢，蓬松甜糯。

"上下是两种口味，一定要一口吃下这一整块才好吃呢。"慈眉善目的老人笑着提醒我。

桂花糕很甜，老人的笑也很甜。

今天恰是中秋，一轮冰壶秋月低得好似就挂在了头顶上，一伸手就能摸到。孤身一人却没有月饼，不仅有点伤感。不过想想也罢，中秋品的是"月"，而不是"饼"，更何况还有满目不尽的桂子飘香，还有香甜怡人的桂花糕。只是不知今夜是否有桂花仙子从天而降，飘然面前？

21. 沉淀出惊艳的安化黑茶

多年以前的我并不嗜茶，那时的茶对于我而言，只是源于自然界的一种纯绿色饮品，渴了，喝一杯，仅此而已。

一次，朋友从湖南出差带回了一饼安化茯砖送我，并建议我长期饮用。一大块黑乎乎的东西，这也是茶吗？

我随手放在了一边。

之后的四五年间，我把它彻底地遗忘了。而它就那样悄无声息地躲在角落里，默默地注视着我，静静地过着无人相伴、无人问津的日子。虽然孤独，但也无惊无扰，安然自得。

一次搬家中，它再一次意外地进入了我的视线。拿起它，发现竟然布满了黄色霉点，当时的我误认为已经发霉变质了。本来对它就没什么好感，正要丢进垃圾桶，恰好，一位懂茶的朋友偶然来访。

他接过来，开始细细地端详，端详了片刻，还用一种异样的目光看看我，似乎对我拥有这样的东西很不解。听我讲述了它的来历后，不禁感慨了一句："有时候，不经意地遗忘才可能沉淀出惊艳！"

这是我识茶的起点，从此开始品茶、喜茶、爱茶甚至痴茶。茶，开启了我生活的另一扇窗，而每晚一壶的茯砖，也成了我每天的必修课，否则，寝食难安，夜不能寐。

安化茯砖还教会了我一个道理：人，要学会沉淀心境。

一个人的心境，就像是一潭湖水，痛苦就是湖中的泥沙。当无波无澜的时候，所有的泥沙便沉淀到了湖底，湖水也变得清澈透明。当一石激起千层浪，打破了平静的湖水顷刻之间就变得浑浊不堪了。

沉淀心境，首先要学会，静。静得如同那被我遗忘的安化茯砖，超然世外，荣辱不惊。

安化茯砖，属黑茶，黑茶是中国特有的一类茶。

湖南安化自古以来就有加工烟熏茶的传统习惯，茶叶通过高温火焙后，色泽变得油润而黑褐，故名"黑茶"。

安化黑茶，由绿毛茶经过蒸压而制成。

由于湖南的茶叶要远运至西北地区，当时的交通运输条件非常艰苦，古人为了方便储存及运输黑茶，便采用压制紧压茶的方式蒸压成块以减小体积，减轻运输难度。此法沿用至今。

关于黑茶的由来，民间还有一个美丽的传说。

相传汉代张良功成名就后，因惧"飞鸟尽，良弓藏，狡兔死，走狗烹"，便辞官归隐来到了湖南安化的神吉山隐居下来。

当时该地瘟疫盛行，贫苦百姓苦无良药而生灵涂炭，以至于十室九空。张良选用了神吉山的茶叶制成了一种茶片，也就是后人所称的渠江"薄片"，分发给百姓。饮用了此茶，瘟疫受到了有效控制，从此，渠江"薄片"的美名广为流传。

当地人说，这就是湖南安化黑茶的由来。

由于黑茶制作原料较粗老，加工过程中要经过长时间堆积发酵，所以，叶片大多呈暗褐色，且口味较重，俗称"霸口"之茶。而这一点，对于喝惯了清淡绿茶的人来说，在初次接触黑茶时往往会觉得难以启口，但只要坚持饮用一段时间，一定会迷恋上它独有的浓醇滋味。尤其是经过长期保存的黑茶具有越陈越香的独特品质，更会让你沉醉其中。

专门要提的是茯砖茶内的"金花"，也就是曾被我误认为是"霉点"的东西，它是安化黑茶带给人类的一个奇异之宝，其学名为"冠突散囊菌"，是一种珍贵的益生菌，具有调节人体新陈代谢、降血脂等功效。盛开的"金花"还带一种奇异之香，使之"干嗅有黄花清香，品饮有沉闷菌香"。

安化茯砖，性情温和、养精蓄气、暖胃生津、活血通络，还能补充人体所需的膳食营养，增强人体的免疫力。

到了寒冷的冬季，运动量减少，高热量食物摄入增多时，晚饭后半小时，一壶茯砖，可以有效消食、去腻，预防与控制脂肪堆积。

为了黑茶，专程到了安化。那厚重、斑驳、沧桑与质朴的永锡桥总能让心底顿生莫名的安心与踏实，好似始终能为自己遮风挡雨，并为我指引人生行进的方向。

人生中无论你曾经怎样辉煌，总会从绚烂的舞台上走下，泯然众人，做一个静静的观众、清清的看客，那一天、那一刻的到来谁都无法阻挡。当你最终走下舞台时能带着淡然自若的笑容与虚怀若谷的胸怀，没有期许，没有遗憾，如我曾遗忘的那块安化黑茶，独自静赏着舞台上没有自己的精彩演出，便是一种智慧与豁达。

人生的前半段需"砺"，磨砺出奋勇前行的锋利；后半段则需"砥"，研磨出细腻持久的光芒，这才是"砥砺"前行。

人对老物件总是深怀情感，愈老愈珍。就像自家的宅子，刚买到的时候，总是用冷峻挑剔的目光找着它的瑕疵，看哪儿都不顺眼。住得久了，便开始凝滞了岁月的故事、时光的温暖，仿佛故人、亲人。

那饼老黑茶，我一直没舍得动，好几次，忍不住想下手，最终还是拢住了凡心，仿佛一茶刀下去便破了它的完整，惊了它的清宁。就让它一直沉睡下去吧，别扰了它的清梦。

22. 君山岛斑竹林感人的茶

　　突然很想去岳阳访故友，老 H，一个十几年的挚友，需在长沙中转。

　　每到长沙，是一定要去岳麓书院的，因为书卷气。

　　书，那真实的贴着心的亲切之感，无物可比，无物可及。

　　有时，遇到了一本好书，竟舍不得一次读完，就像品一杯好茶，不舍下咽，总想把那美好长留舌尖。

　　书与茶，实在是人生绝佳之伴。

　　岳麓书院，世间难觅的读书之所。

　　沏一壶清茶，捧一本线装书，伴着淅淅沥沥的雨声，一个人在廊下细细品读。阵阵清香，不知道是茶香还是书香，抑或是茶香与书香交织在一起的馥香。这香仿佛能穿越时空，让你听到唐宋的白衣书生琅琅的读书声；可以滋润生命，让你沐浴到山涧林间潺潺的溪流。

每到岳麓书院，一定要看看爱晚亭。

"远上寒山石径斜，白云生处有人家。停车坐爱枫林晚，霜叶红于二月花。"我喜欢那为霜叶而随"停"的感觉，随心而动、随性而停。这也是我的心，我的性。

有一种相念江湖、各自红尘的兄弟，不必经常联系，彼此心中挂念，无论时隔多久，感情都丝毫不会褪色。随时相约，随时相见，随时亲近，随时分开。

还是老习惯，提前不打招呼，等上了火车后才发一条微信："在岳阳吗？"

不一会儿，老 H 回复："在。"

"K458，老婆孩子一共三人，中午见。"

老 H 的电话瞬间就打过来了："又是突然袭击！你就不能提前一天通知我吗？我去车站接你！"

到岳阳，无论如何是要去岳阳楼走一走的。

我自问无范文正公"先天下之忧而忧，后天下之乐而乐"的境界，但登上曾历经五朝的岳阳楼，面对烟波浩渺的八百里洞庭，还是能够体会"不以物喜，不以己悲"的人生态度。

好几年没见面，亲热得都忘了埋怨。老 H 放下所有工作，全程热情接待。他素知我对各地传统特色之物情有独钟，晚餐便选了湖边一家农家小院，菜品是洞庭湖的小龙虾、野生鱼、藕尖，还有蛇。

蛇肉，妻是绝对不敢碰一下的，那小龙虾却是妻的最爱，足足吃了 10 斤，而我对君山岛蛇肉的鲜美赞不绝口。

装了满满一肚子美美的湖鲜，酒也喝得晕晕乎乎差不多了，老 H 开车送我去君山岛的酒店。

一条看不到尽头的只能勉强交会两车的路伸向岛内，两边是一人多高的芦苇。据说遇湖水上涨，这条路便完全淹没了，芦苇也只能露出一点尖儿，那时，出入君山岛就只能乘船了。

进了酒店的山门，老 H 又开了 1 公里之后车子开始爬坡，爬了不知多久，好像到了山顶，突然一转弯，一座灯火阑珊、超脱雅致的园林酒店豁然而现。

天色已黑，且筋疲力尽，倒头睡去。

早晨，君山岛下起了蒙蒙细雨，酒店正对面的洞庭湖若隐若现，伴着阵阵鸟鸣风吟，一杯君山银针，一个美丽的清晨。

君山，洞庭湖一个玲珑别致的小岛，却有着动人的故事。

相传，自黄帝开创了华夏基业以来，南方的苗族总是生出各种事端，双方打了几百年的仗，百姓苦不堪言。

舜继承了帝业之后，三苗又持续闹事。文臣武将纷纷认为"只有将苗民斩尽杀绝，天下始得太平"，舜帝却认为，数百年战火连连，劳民伤财，百姓实在太苦。最后，决定亲自南巡，争取化干戈为玉帛。

舜帝南巡之后，娥皇、女英二妃非常担忧他的安危，二人便南下追随夫君。舜帝四十二年冬，娥皇、女英历尽千辛万苦来到君山，来到舜帝的身边，想阻止舜帝南巡。

舜帝对二位夫人说："南方蛮苗性情险恶，朕实不忍心尔等前往，决定在此为尔等筑一茅舍等朕，并留兵士保护，朕一定平安回来，在此同夫人共享天伦。"

第二天，舜帝便率众登船直向三苗国驶去，娥皇、女英同舜帝挥泪告别。没想到舜帝战死苍梧，这一别竟成生死永诀。

听闻噩耗，二妃悲痛至极，大声痛哭。待泪尽继之以血，挥在竹上，斑痕点点。最后，二妃投入洞庭湖，化作了水神。

这便是传说中君山象征着矢忠不二爱情的斑竹的由来。

在我生于世间的4000多年前，爱就是这般的忠贞不渝、刻骨铭心；我相信，在我生后再过4000年，爱依然能源远流长，为人传颂。爱可以历经海枯石烂仍让人怦然心动，人呢？早已化作烟尘。正因如此，人生才要格外珍惜当下拥有的爱。

爱是人生过程的意义，生命存在的意义。

好感动，感动自己尽管生命短暂，依然能在尘世间走一回，爱一回。感动是幸福的体验，保持感动就是保持生命的色彩。无论年少、青春还是耄耋，能够始终保持对美好事物的心动与感动，是这个世界送给我们的最珍贵的礼物。

感动之余，不禁想起毛苹对长沙王那决绝的爱。

"上邪，我欲与君相知，长命无绝衰。山无棱，江水为竭，冬雷震震，夏雨雪，天地合，乃敢与君绝。"

潇湘大地竟有这么多感人的爱情故事，湘女多情啊！

眼前这条竹林密布的幽静小路仿佛一直通往灵魂的秘境。

那个只属于自己的灵魂秘境，只有靠自己的心才能接近，才能到达。因为人世间的美好，绝不是依靠上苍来主动赐予，而要靠自己敞开的那颗清明洁净的心与这世界亲切相拥。

沿着一条崎岖蜿蜒，还略有些湿滑的山间小路继续向岛的深处走去，过了一座小石桥，远方密林之中隐约藏着一片白墙青瓦的院落。这又是什么秘境？

原来岛的深处还隐着个茶厂。

这里出产的是地道的名茶——君山银针。

君山银针，茶芽金黄、白毫毕现、形细如针、香气清高，当地形象地称之为"金镶玉"。属于六大茶类最小众的黄茶。

黄茶，属轻微发酵茶，加工工艺与绿茶相近，只是在干燥环节的前后，增加了一道"闷黄"的特殊工艺。"闷黄"就是促使鲜叶中所含多酚叶绿素物质部分氧化，这是黄茶之"黄"的关键。具体做法是将杀青和揉捻后的茶叶堆积以湿布覆盖，"闷"以若干时间，导致茶叶在湿热的作用下发生自动氧化，形成独特的"黄叶黄汤"。

黄茶的香气以清新为上，浊闷为下；茶汤以金黄明亮为佳，暗黄或浊黄为次；叶底以芽叶肥壮为好，薄瘦为次。君山银针冲泡时有一个特点：茶针竖立水中，三起三落，蔚然成趣。

每遇到好茶，我一定会带些回去。正准备付钱，刚好老H过来，赶忙拦住了我："骂我呢？早给你准备好了。"

该离开君山岛，离开老H了。

生命，原本就是一场由悲欢离合与苦辣酸甜组成的旅行。再美的风景也只是随心驻足的驿站，生命不止，脚步不停，最美的生命永远在路上，最美的景致永远在未知的下一站。

莫回头，莫停留，生活可以辜负我们，我们莫辜负了美丽的生命。

23. 潇湘之源平凡的茶

　　实在是喜欢《边城》，至少每年都会拿出来看上一两遍，却始终没有去过凤凰，去过茶峒。为什么？因凤凰早已成了我心底藏着的一个特别的梦，不想惊扰，就想留它在梦里。

　　"这个人也许永远不回来了，也许'明天'回来。"每每读结尾的这句话都盼着"这个人"有一天能突然回来，回到渡口大喊一句"过渡！"或夜半在翠翠的梦里唱首竹雀般的歌儿。每回，都盼得我的心一阵阵生疼。

　　这次，却到了潇湘之源——永州。

　　晨曦中的千年村落——上甘棠，好似藏在了薄雾轻笼的梦境之中，清新而纯净。

　　似曾相识，我梦中的凤凰、茶峒就是这个模样。

溪上那斑驳的古石桥是乡土气息绝佳的映射。如同一提到梦里水乡，烟雨江南，就一定会联想到雨中小巷深处穿着长衫、打着油纸伞的背影。而潇湘之地，石桥也是绝少不得的，好像少了，便配不起"潇湘"二字的诗情画意。

质朴的石板路，经过了岁月的研磨，写意着浓浓的古韵，这是种风骨之中透出的有着千万风情的美，有些坚韧与辛辣，又不失纯真的独特的潇湘之美。这种美本真而纯粹，正如沈先生笔下的湘女翠翠，爱了，便选择守候，即使没有诺言，没有归期，也平凡而平静地守候。

或许因为自小就酷爱吃辣椒的原因，湖南人的性格中也有辣椒的味道，这味道的集中体现就是"烈"。不仅有常德八千虎贲男儿的忠"烈"，还有湘女的贞"烈"，坚而不硬，辣而不泼，丽而不冶。

潇湘印记清晰的飞檐翘角、苔藓斑驳的古戏台凝聚着厚重的岁月之味，唤着人们对曾经那至死不渝的潇湘爱情的追思，"一同去生既无法聚首，一同去死当无人可阻。"这便是那潇湘之人连枝共冢的爱。

愚溪畔正低着头，用肥皂洗衣的妇人看得人心里暖暖的，不禁想起了儿时的妈妈，曾经的她就是这样为家人洗衣，洗完随手便晾在院里的竹竿上，衣服如风筝般随风摇曳。那被日头晒过的衣服穿在身上会有股淡淡的肥皂的清香与阳光的味道，这味道让人心底好踏实。

旖旎清秀的溪水之中，成群结队的鸭子自由欢快地嬉戏、玩耍着，不时还互相闹闹小别扭，打些并不太凶狠的架，发出"嘎嘎嘎"的叫声，一片安宁与安然。

这便是潇湘之源的所在，古朴而清丽的永州。

尽管第一次踏上这片土地，但眼前这些景致一幕幕掠过，就像是翻看着自己珍藏的一本陈旧但异常亲切的老相册，眼里一阵阵潮湿、发热。

潇湘，鱼米之乡，最亲近与动人的一幕是捕鱼。

潇水中，老翁悠然自得地撒网捕鱼，丝毫不为旁人所动，只是自顾自地，旁若无人地忙着自己的事儿。让人不禁想起了翠翠的祖父，那个湘西老船夫，想起了他那句："怕什么？一切要来的都得来，不必怕！"

　　他的岁月，如他脚下的潇水不慌不忙缓缓流淌；他的心中，仿佛这潇水就是他一个人的。或许他的眼中，我们这些外来之人皆是烟尘，看都懒得看一眼，更是不愿搭一句腔。

　　"竹杖芒鞋轻胜马，谁怕？一蓑烟雨任平生。"

　　被潇湘日头晒过的村落通透而纯净。心，也空灵而清明。清明的心，处清明之地总会多些清明的意念：世间的幸福其实很容易得到，就是别关注那么多的事，最好只专注一件，然后清清静静去做，就好。就像这潇水之上的捕鱼翁。

　　因为有的人"命里或只许他撑个渡船"。

　　漫无目的地踱在零陵旧街深巷，那些沿街敞着门的老食店让人感觉似乎比今天的很多古镇更有市井烟火之气。

　　柳子街有很多地方特色小吃，安东鸡、卤粉，最有特点的是血鸭，香辣、爽滑，湘味十足，品相虽没那么精致，但有着浓郁的原始风情与风味，让你过口难忘。不知凤凰还能否找到沈先生笔下"边城"的味道，在潇湘之源，却找到了很多。

柳子街上还遇到了潇湘的红碎茶——江华苦茶。

这是种乔木型大叶茶，外形黑褐，颗粒结实，汤红色浓，口感醇厚，很合潇湘那股纯正而浓烈的滋味。

这也是款平凡的茶，平凡得没有太多人知道它的名字。

其实，潇湘的一切都是那么的平凡、平淡、平静。石桥、石板路、戏台、洗衣妇、捕鱼翁……这平凡正如沈先生所言："美丽是平凡的，平凡得让你感觉不到她的存在；美丽是平淡的，平淡得只剩下温馨的回忆；美丽又是平静的，平静得只有你费尽心思才能激起她的涟漪。"但正是这历经岁月的平凡、平淡与平静，才是潇湘的魂，就像翠翠平凡、平淡、平静的守候，而不似现实中太多太多的放弃与离开。

夜临近了，不知夜半有没有竹雀般动人的山歌，也能带我游历一番这撒着薄薄白雾的山山水水，也去半山摘束虎耳草，做一把和翠翠梦里一模一样的伞。

再一次细细地读着《边城》。

"由四川过湖南去，靠东有一条官路。这官路将近湘西边境，到了一个地方名为'茶峒'的小山城时，有一小溪，溪边有座白色小塔，塔下住了一户单独的人家。这人家只一个老人，一个女孩子，一只黄狗。"

曾被人笑，何必独爱一书？普天之下可爱之书数不胜数。这句话没错，但我还是独爱《边城》，且每读仍有新鲜之感，相见恨晚之情。实在没办法，我就是这样一个人，但凡喜好的东西，就自己一个人独独地享受，不理会别人的好恶，当然，更不会在意别人的评价。

　　日头似乎把白昼拉长了很多。虽不是凤凰，但就想在这里平平地过上一个月，沈先生说过："一切人心上的病痛，似乎皆在那份长长的白日下医治好了。"但一个月似乎太贪心了。

　　又到了必须要告别的时候，人生就是由无数的相逢与告别所组成。我的旅途没有终点，只有永远都到不了的远方。如果你只在意计划中的目的地，那定会错过沿途的风景，那一路风尘才是最美的体验，就像平凡、平淡、平静的潇湘，还有一直"守候"着的平凡的翠翠。

　　"回首向来萧瑟处，归去，也无风雨也无晴。"

24. 趵突泉**水**冲泡的茶

没想到，在济南遇到了这样一片向日葵花海！

　　向日葵，我尤其喜爱之物。"尤其"，是因它始终象征着勃勃生机，能给身处灰暗之境的人带来希望与激情，且很像山东人豪爽、果敢的性格与浑然气度。

　　向日葵，太阳之花，光明之花，勇敢之花，灿烂之花。

　　喜爱向日葵金色亮丽的花盘，就像太阳，始终充满炽热的情怀与满满的正能量；喜爱向日葵花海，就像整个大地洒满了金灿灿的阳光，充满了无穷无尽的力量；还喜爱向日葵那田野的味道，那么唯美与真实。

　　难怪梵高也对向日葵情有独钟。因为向日葵代表的寓意是"沉默的，没有说出口的爱"。

济南，又称"泉城"，有名泉七十二座，其中最出名的就是被乾隆皇帝称为"天下第一泉"的趵突泉。敢为"天下第一"，实在需要勇气与实力，趵突泉应该属于实至名归的一类。

趵突泉，泉水翻涌，跳跃奔突，故得此名。

趵突泉乃天然的泉水，水质清澈，清冽甘甜，为爱茶之人泡茶的绝佳之水。

品茶原本就是古代士大夫文化中的一种审美、澄怀之举，是人、自然与文化三者之间的完美结合，故有"器乃茶之父，水乃茶之母"之说，由此可见水对于茶的重要性。

自古茶人重水质。品好茶时所产生的愉悦感受，以及意念境界的营造，都要通过水与茶的交融来实现。明朝人许次纾的《茶疏》中写道："精茗蕴香，借水而发，无水不可与论茶也。"

泡茶的好水，需要具备五个要素。

一清，清澈。纯净、清澈是泡茶之水的基础。水清澈说明水中杂质含量低。只有清澈之水泡出的茶，才能品出茶的本味、真味。

二活，流动。为有源头活水来。活水，说明有水源且长流不止。"流水不腐，户枢不蠹"，流动的水，才可能是新鲜的水，静止不动的水很难保证它的鲜活性。活水含氧量高，富含微量元素，具有生命力。苏轼《汲江煎茶》云："活水还需活火烹，自临钓石取深清。"

三轻，柔软。水质轻，所含可能有害的矿物质、金属物质相对就少，保持饮用水酸碱度适中是维持人体健康的基本需求。轻柔水质泡出的茶清亮鲜爽。

四甘，甘甜。自然的泉水通常略带甘甜，这是因为泉水流经岩层，含有了植物中的半乳糖成分，而经过砂石的过滤作用，这种甘甜更加纯正、清甜，这是大自然带给人类的美妙之味。宋代蔡襄《茶录》中讲过泡茶之水"甘"的作用："水泉不甘，能损茶味。"

五冽，凛冽。凛冽，就是寒。明代田艺蘅《煮泉小品》中这样论"寒"："泉不难于清，而难于寒。"

干茶，蕴藏着日月星辰，浓缩着自然精华，但它始终处于休眠状态。遇到水，便复活了。是水复活了养育茶的山水气息，是水让你饮一瓯茶如饮妙山灵水。

故，好茶遇到好水，才有人间好情味。

我觉得，茶与水好比男人与女人。

茶含蓄，就像深沉的男人，所有的美都敛在了内里，不会轻易泻出；水轻柔，就像温存的女人，在静静地等待。茶遇水而发，渗出了蕴含着的香气，与水融为一体，沁出了世间最美的甘露。坚硬的男人遇到柔美的女人，二者合二为一，便成就了人间最美的情缘。

济南，不仅有泉水，也有茶香。

山东虽属北方，也产茶——日照绿茶。

日照绿茶是中国最北方的茶，也是中国为数不多的海岸绿茶。

北方的绿茶与南方的绿茶，如碧螺春、龙井、云雾、毛尖等有一定的差别。

北方由于昼夜温差大，导致茶树生长相对缓慢，所以北方的茶维生素、矿物质以及微量元素的含量明显比南方的茶要高。日照绿茶的儿茶素和氨基酸含量相对都很高，所以叶片厚实、滋味浓厚、香气高扬、耐于冲泡。

日照绿茶的醇厚，很像山东男人的淳厚。

日照绿茶分为春茶、夏茶、秋茶，其中春茶是极品。

原本山东不产茶，日照绿茶是中华人民共和国成立后南茶北引的结果。现在，日照绿茶已被称为"长江以北第一茶"。

到了济南，以趵突泉之水泡一杯山东绿茶，这样的机会是绝对不能错过的。

"四面荷花三面柳，一城山色半城湖。"喝了趵突泉冲泡的绿茶，还要去看济南另一处著名的水景——大明湖。

大明湖，是一片风光秀丽、园林清雅的湖泊水域，还有着浓厚的历史积淀，但当下最出名的应该是湖畔的夏雨荷。

又是乾隆惹的祸。

"君当如磐石，妾当如蒲苇。蒲草韧如丝，磐石无转移。"山东女子的痴情丝毫不输江南佳丽。

济南只有好水？只有好茶？显然不止如此。这济水之南的泉城，最美的是秋天。

济南的秋天一点儿也不觉得萧瑟，丝毫没有"漠漠秋云起，稍稍夜寒生"之感，却是"树树皆秋色，山山唯落晖"。竟有几分暖意，真应了"秋气堪悲未必然，轻寒正是可人天"。

"可人"，用在金色满园的济南秋天，实在恰到好处。

忽问自己：秋天的济南到底是个什么样子？一时间我很难描述得出，就借一借老舍先生的《济南的秋天》。

"设若你的幻想中有个中古的老城，有睡着了的大城楼，有狭窄的古石路，有宽厚的石城墙，环城流着一道清溪，倒映着山影，岸上蹲着红袄绿裤的小妞儿。你的幻想中要是这么个境界，那便是济南。

"上帝把夏天的艺术赐给瑞士，把春天的赐给西湖，秋和冬的全赐给了济南。"

25. 前门戏台上逍遥的茶

刚上班，还没来得及坐下就收到儿子的微信："爸爸，我要去北京看毛爷爷。"

最近5岁的儿子天天跟着我看爱国题材的电视剧，所以，有事儿没事儿就念叨着"北京"，念叨着"毛爷爷"。要是跟我再看上几天武侠剧，指不定背着他的木头剑，一声不吭就浪迹江湖去了。

原本只是笑了笑，权且当作儿子的信口童言，转念一想，突然间蹦出了一个念头：最近的工作压力实在太大（其实在我的记忆里，已经连续十几年了，好像就没有压力小的时候），索性就带着妻和儿子出去散散心，既满足儿子的愿望，自己和妻也逍遥几天，似乎不失为一个好主意。

说句实在话，骨子里的我就是一个随性之人。但那曾经的随性早在现实中渐变成了残存在记忆里模糊的奢侈品了，可望而不可即。这次就奢侈一把，说走就走！

听了我的想法后，妻举双手赞成。还是妻说得好："遇一个春暖花开的日子，放下，出发！"

现在的人总觉得活得太累，像一个陀螺，从来不会停下，即使转得稍慢些，不管是自己还是什么其他的原因，马上就会有人或事给你加上一鞭，然后立刻又飞快地转起来。

于是乎，整个人再一次进入了"赶"与"累"的状态。

就像我，常常累得就连静静地思考为什么"累"的时间与精力都没有了。

为什么会这么"累"？因为有太多的东西时刻左右着我们的感受，而我们却始终无法真正左右自己的心情与心境。

道理谁都懂，但工作却是如影随形，即使一家人到了机场候机厅，电话铃声依然不断。终于坐在了飞机上，手机也终于关机了，可脑子里还在考虑着一件件所谓重要的事。

我又能怎么样呢？且行且看吧。

接下来的日子似乎并没有轻松下来，不断接打电话，不时发微信的状态一直延续着，即使到了此行的目的地北戴河，即使和儿子在海边。

这是妻远远偷拍的一张照片，看着有些心酸。

眼前的美景根本就没有把我从工作的思绪中拉出来，甚至连一丝一毫的美都没有感受到。不是我不解风情，是因为境由心生，心中有怎样的心境，眼前出现的便是怎样的风景。如果没有找到寄放心灵的空间，哪里还有余情去看世界的美丽？

回到北京后，妻和我商量带孩子去哪儿玩："我们去德云社听相声吧！"没想到妻竟提出了这样的建议。

"听相声？"妻提出的这个建议，让我这个连春晚都几乎没有看过的人觉得简直就是天方夜谭，匪夷所思。

"走嘛，明天就要回家了，最后一晚就当陪陪我行不行？"妻的这种撒娇是我一直以来最无法抗拒的利器。

"就是！你今晚必须陪妈妈！"连5岁的儿子也跟着起哄，尽管仍有些不情愿，但我也只能妥协了。

没想到以往想象中的市井之地也能如此的雅致。

墙上精美的青花饰品让我流连很久。妻知道我对这种传统的东西历来很感兴趣，看来这里是她经过精心挑选后的结果，看得出，她是早有预谋，但这是一种让我感动的预谋。

在这种过去只有在电影里才见过的戏台下听相声、喝茶，还是生平头一遭，不仅没觉得粗俗市侩，相反还颇感几分自在与逍遥。突然之间，我便彻底释怀了，冷不丁，还会随着儿子大声地喝几道彩。妻歪着头看着我肆无忌惮的样子，简直有点不敢相信自己的眼睛。

此地配的茶具很简陋，竟连盖碗都没有，这可是平时喝茶最在意仪式感的我绝对无法接受的。平时的我喝什么茶，用哪一把壶都要经过精心挑选，而且我的壶是绝不允许其他人碰一下的。出门前还曾虎着脸吓唬调皮的儿子："你记住，茶人手中的壶，如同武士手中的剑。未经允许擅动我茶壶之人，格杀勿论！"但今天，我什么都无所谓。虽然配的是我不怎么喜欢的茉莉花茶，还是兴致盎然地大口喝着，大声喊着："好！"

"喂！你今天的表现很意外哟！一点儿都不像成功人士。"妻调侃着我。

我无所谓地哈哈大笑："哎！早已过了不惑之年的我，对于是否成功早没了什么在意，如果一定要聊聊这个词，那么对我而言，鉴别成功与否就只有一个标准，以自己喜欢的方式生活才是真正的成功。"

妻很满足地笑了。

得到幸福需要方法，心里默默地对妻说了声："谢谢。"

出了德云社的门，在回宾馆的路上我突然想吃庆丰包子，走起！再来一碗炒肝、一盘皮冻，想吃就吃！既不在乎去怎样的餐厅，也不在乎会不会长胖。

懂了，这就是所谓的逍遥，"何时杖策相随去，任性逍遥不学禅。"说透了，就是放下，别装！

26. 青藏高原虔诚的茶

这是我第二次到西宁，上次坐高铁，这次坐飞机。

飞机上就已经感觉到了青藏高原的与众不同。

从舷窗向外望去，延绵不断的群山竟然与飞机基本平行，而不像其他的地方远远地被踩在了脚下。那神秘的覆盖着皑皑白雪的青藏高原就在窗外，就在眼前，近得仿佛伸手就能触到。心底对这雪域高原顿生一片虔诚的敬意。

几年前，曾去过青海湖，被那"文成公主的眼泪"感动得热泪盈眶，许久不能平静。人，有生命的感动，才会有生活的快乐，否则一定会觉得生活就是不断地重复而索然无味。

夜晚，站在距离天堂最近的地方，凝望着世间最大、最亮的星星，独自体验着一半人间，一半天堂的神秘。

伫立湖边仿佛能看到雪域最美的情郎——仓央嘉措的背影，听到他那最真、最纯的情歌。

"那一日，我闭目在经殿的香雾中，蓦然听见你诵经的真言。那一月，我摇动所有的经筒，不为超度，只为触摸你的指尖。那一年，磕长头匍匐在山路，不为觐见，只为贴着你的温度。那一世，转山转水转佛塔，不为修来世，只为途中与你相见……"

这次西宁公干之余，忙里偷闲四下里转转，我选择了圣洁的青藏高原上圣洁的塔尔寺。

对于塔尔寺，我神往已久，却始终没机会一睹尊容，这次终于得偿所愿，但心里还是有些犯嘀咕。因为两年前去青海湖需要翻越青藏高原，那次发现自己有些轻微的高原反应，听说塔尔寺离西宁市区并不远，大概只有30公里，不像青海湖有200多公里远，便觉安心了很多。其实不管怎样，我知道，面对内心强烈的期许我总能说服自己消除顾虑，正所谓江山易改本性难移，尤其天蝎座的人更是如此。

更何况，那里还有我一直神往的仓央嘉措。

"住进布达拉宫，我是雪域最大的王；流浪在拉萨街头，我是世间最美的情郎。"

塔尔寺，这座创建于明朝，全世界最具影响力的藏传佛教圣地之一的古老寺庙，一直深藏在神秘的雪域高原深处，不肯轻易示人。今天才知道，这里，不仅是黄教的圣地，还是显宗、密宗、天文、医学领域的神圣学府。对于我而言，这里最具吸引力的首先是它浓郁的藏教建筑风格。

在塔尔寺，我见证了世间最纯粹的"虔诚"。

寺内，遇到了无数朝拜祈福的虔诚信徒，有老翁、老妪，也有中年人、年轻人。他们铺着条仅够自己趴下身躯的垫子，就那样一下一下，虔诚地对着寺庙的佛龛不停地磕头，被称为"磕长头"，每个信徒一生一定要磕 10 万个头。

眼前这虔诚的景象让我不敢发出一丁点儿声响，甚至不敢随便移动脚步，只敢静静地看着，低头思索着，唯恐一不留神惊扰了这虔诚。

我对藏民的虔诚早有耳闻。

据说，他们只留下能维持自己与家人最低生活标准的财物，剩下的全都捐给寺庙。这在当今这样的商品经济社会里简直就是不可思议的事，看来信仰真的会使人充满无穷的力量。不禁对眼前这些虔诚的人，心生深深的敬意。

为什么现在的人烦恼越来越多，归根结底是因为人的欲望越来越强烈。正如《菜根谭》所言："人生只为'欲'字所累，便如马如牛，听人羁络；为鹰为犬，任物鞭笞。若果一念清明，淡然无欲，天地也不能转动我，鬼神也不能役使我，况一切区区事物乎！"

在塔尔寺发生了一个意外——高原反应。

原本饶有兴致地走着、看着，隐约觉得头有些疼，尤其是后脑部分，但并没有在意。上台阶时走得急了点儿，眼前一黑，差点儿就倒下了，赶紧坐在台阶上，但心里仍是一阵狂跳，上气不接下气，那感觉难受极了。后来才知道，青海湖虽远了些，海拔其实并不高，而塔尔寺的海拔却是西宁的两倍，达到 3000 米左右，属于真正的高原。

青藏高原，生死的关口，天堂的大门，怎可小觑！

塔尔寺最著名的密宗艺术三绝：酥油花、堆绣、壁画。

我对世间仅存的那 18 幅堆绣，以及神秘的壁画没有多少兴致，或许是因为缺乏艺术细胞吧。倒是色彩艳丽、栩栩如生的酥油花让我细细地品味了一番。

一打听酥油花的制作工艺，再一次震惊了我。

酥油花，以酥油为主要原料，配以天然矿物质颜料，由僧侣用手揉捏而成。在制作过程中，为防止凝固的酥油因为制作人的体温而融化变形，需要制作人不断将手放入冰冷刺骨的雪水中降温，所以，酥油花制作僧人的手经常布满了冻疮，这实在是个异常艰辛的过程，也只有虔诚的人才能忍受这种痛苦而沉浸其中，甚至感到幸福万分。

圣洁的青藏高原之上，实在有太多圣洁的幸福与感动。

幸福，真的是因人而异，有的人因为财富而幸福，有的人因为情感而幸福，有的人因为得到而幸福，但虔诚的人却因为无怨无悔的付出而获得满满的幸福。且不论这种虔诚的人得到的幸福有多么的高贵，但真的纯粹，真的纯净。

看完了让我惊叹不已的酥油花，不禁想到了酥油茶。听说没有喝过酥油茶，就不算上过青藏高原。在塔尔寺，是一定要喝一碗酥油茶的。

酥油茶，中国藏族独有的一种饮茶方式。

首先，将大量的酥油放进特制的当地人称之为"雪董"的大木桶内，再加入一定的食盐，然后倒入滚烫的通常经过熬煮的浓茶汤，用力进行反复的搅拌。酥油茶的制作过程中，搅拌是一个重要的工序，要用专用的工具，用力、反复搅拌，直至呈浓稠的奶糊状为止，所以做酥油茶的过程被称为"打"。

关于酥油茶的来历，藏族民间也有一个凄美的爱情传说。

藏族，相传曾分为两大部落，一个辖部落，一个怒部落。两个部落间因为长期争斗彼此结下了很深的积怨，互不来往，更不通婚。但辖部落土司的女儿美梅措偏偏爱上了怒部落土司的儿子文顿巴。盛怒之下的辖部落土司派人杀害了文顿巴。

在文顿巴的火葬仪式之上，伤心欲绝的美梅措纵身火海，以生命去追寻爱情。

为了能让这对为了爱情而献身的有情人死后依然能够天天在一起，藏族人民便把茶叶比作美梅措，把盐巴比作文顿巴，把二者融为一体，打出了象征纯真爱情的酥油茶。

酥油茶是藏民平日里不可或缺的一道生活必需品，对藏民而言可以称之为主食，因为它通常与糌粑一起食用。

据说喝酥油茶可以降低高原反应，御寒驱寒，还可以充饥，我赶紧端起一碗。茶上面漂了一层黄色的油花儿，看着很油腻。吹开油花儿，喝第一口时很不适应，有种说不出的奇怪味道，完全不同于内蒙古和新疆的奶茶。但接着喝了几口，适应之后，浓郁的茶香与奶香交织在一起，感觉非常醇厚而香浓。

头似乎没有刚才那么疼了，真的是酥油茶神秘的功效吗？我不知道，或许是吧。

稍好一些的我开始关注起打酥油茶的这个特殊的器物。

这时，同行的西宁朋友告诉我喝酥油茶有个特殊的规矩，不能像我这样一饮而尽，而是要一口一口地喝，客人一边喝，主人一边添，茶碗始终要保持斟满的状态。这个过程中女主人会始终关注你的茶碗，随时给你斟满。

我这才注意到，打酥油茶的那个藏族大姐看我的眼神的确有些诧异。眼前的这个手掌黝黑，脸上布满了深深皱纹的藏族大姐的笑容是那样和蔼与亲近，通透与虔诚。

雪域高原、塔尔寺、僧侣、藏族人民还有酥油茶，眼前的一切又有哪一样不是如此的纯净而虔诚呢？！

常常会感慨人的生命是那样的无常，但对眼前这些虔诚的藏人而言，生命，或许就是一个保持虔诚的心路历程，从虔诚开始，以虔诚结束，始终不紧不慢地独自行走在自己的世界里，不去他人的世界流连与徘徊。

眉公先生曾说："打透生死关，生来也罢，死来也罢。"

细细思量后发现，其实人生的过程都是一样的，慢慢长大，渐渐成熟，然后一点点变老，这是个跌跌撞撞的过程，是个自自然然的过程；这是个匆匆忙忙的过程，是个安安静静的过程，说到底，是一个领悟的过程，直到你不在乎带走什么，不在乎留下什么，不在乎得到什么，不在乎失去什么。

酥油茶属于高热量饮品，患有心血管疾病、糖尿病的人是不能多饮的，我还是适可而止吧。

就要离开西宁了，尽管强烈的高原反应仍让我心有余悸，但青藏高原，这个地球上距离太阳最近的地方，也是最纯净、最圣洁的地方，让我不禁双手合十，表达着最虔诚的敬意。

什么是虔诚？

就是摆脱旁人对自己的束缚，终此一生，坦坦荡荡地去做真实的自己。

"青藏高原，卡里沛（再见）。"

27. 黄河岸边浑厚的茶

到兰州，对我而言就是两件事，看黄河，喝盖碗茶。
首先是看黄河。

自古以来描述、赞美黄河的诗词，数不胜数。

李白的"黄河之水天上来，奔流到海不复回"；王之涣的
"白日依山尽，黄河入海流"；王维的"大漠孤烟直，长河落日
圆"……

但是，最能触发我内心深处强烈共鸣的，却是元好问的《水
调歌头·赋三门津》："黄河九天上，人鬼瞰重关。长风怒卷高
浪，飞洒日光寒。峻似吕梁千仞，壮似钱塘八月，直下洗尘寰。
万象入横溃，依旧一峰闲。"

莫说人，就连鬼都不敢直视黄河！足见世间的一切生灵、鬼神在黄河面前都是那样的微不足道，不及沧海一粟。

黄河，卷着滚滚浪沙，犹如怒吼般奔腾而下，一去不回的磅礴气势，永远是那么的浑厚有力，势不可当。每次面对黄河都会让我心生敬畏，久久不能平静，感叹生命的渺小与脆弱。同时也会激起心中万丈豪情，告诉自己：身躯虽如一片落叶，可随波逐流，与世沉浮，但头颅定要高高昂起，荣誉与尊严、希望与勇气、魂魄与意志，定可殁世不朽！

这就是我的黄河情结。

在我看来，同为孕育了华夏文明的摇篮，长江与黄河却是截然不同的两种性格。如果说长江之水如同娓娓道来，那黄河之水就是仰天长啸；如果说长江之水源远流长随风去，那黄河之水就是奔流到海不复回；如果说长江之水像南方人的细腻悠扬，那黄河之水就如西北人的浑厚粗犷。

长江与黄河，一个是吟风弄月、温文尔雅的诗人；一个是龙骧麟振、锐不可当的将军。

其实黄河，也有其宽容与温暖的一面。

黄河被称为母亲河。兰州黄河岸边的黄河母亲雕像不仅成了兰州的标志，更成了黄河的象征，故，每次来兰州都要到这里停一停，看一看。

黄河母亲雕像，表现的是深沉博大、端庄慈祥的中华民族伟大母亲的形象。她侧卧在雄壮宽广的黄河岸边，身边偎依着天真可爱的孩童，充分展现了浑厚、质朴、包容、沉静的中华民族的传统特质。

到兰州，到黄河岸边还有一个重要的节目——喝盖碗茶。

　　先说盖碗。盖碗分为盖、碗、船三部分，分别代表天、人、地；意为：天盖、人育、地载。

　　传统的盖碗材质有汝窑、青花、青瓷、紫砂等。

　　盖碗在当下的北京很常见，其实早在清朝时就已经盛行，被称为"三才杯"。

　　鲁迅先生曾在《喝茶》一文中这样描写："喝好茶，是要用盖碗的。于是用盖碗。果然，泡了之后，色清而味甘，微香而小苦，确是好茶叶。"

　　中国传统的汉文化中，盖碗茶的冲泡有着很多讲究，比如白鹤沐浴、乌龙入宫、悬壶高冲、春风拂面、玉液回宫、韩信点兵、赏色闻香、品啜甘露。但我总觉得如此这般喝茶太仪式、太烦琐，甚至有些扭捏做作。

　　不就是喝茶吗？何至如此。

兰州的盖碗茶喝起来就简单得多，因为其源于直爽、浑厚的回族传统饮茶习俗。

再说盖碗茶。

兰州黄河岸边的盖碗茶，源于西北回族传统的"三炮台"。"三炮台"分为三宝茶（茶叶、冰糖、桂圆），五宝茶（再加上葡萄干、杏干），八宝茶（再加上红枣、枸杞、玫瑰花）。当然这些原料可以根据自己的喜好进行调整，有的人喜欢添加菊花、茉莉花、苹果干、柠檬片，甚至杧果干，制成九宝茶、十宝茶。而茶，可依自己的喜好选择绿茶、红茶、黑茶，当然，以绿茶居多。枸杞，则以宁夏或青海的黑枸杞为上品。

面对滚滚的黄河喝盖碗茶，不必有什么特殊的讲究，只要自己喜欢就好。

我也学着当地人用盖刮开漂浮在上层的茶叶，惬意地一口一口品着。其中各种滋味交织混合在一起，浓郁而醇厚，甘甜、酸爽相得益彰，茶香、花香、果香、糖香，众香纷纭，那感觉简直就是一场味蕾的盛宴，完全颠覆了以往的品茶体验。

这时，耳边响起了如号叫嘶吼一般的秦腔，真的是"一声秦腔吼，八尺的汉子热泪流，出嫁的姑娘也回头"。

8000年的陇原大地无处不展现着浑厚的豪放。

放下这盖碗茶，开始细细感受着黄河岸边的茶滋味，还有眼前奔腾的黄河、古老的羊皮筏子，黄河岸边的一切都无声无息地流淌着两个字：浑厚。

28. 终南山上归隐的茶

"我要去隐居!"

前段时间周末偷空去山上的家里小憩，没想到山里的秋日竟如此的生动。从那天起冒出了这个念头，就再也抑制不住它疯狂地生长，满得连自己的心都盛不下了。我想，应该是内心深处滋养这个念头的土壤实在太肥沃了。

古代的"隐士"，是指那些隐居的不仕之士，像陶渊明、林通等，其实就是一些坚持自己的理想，不愿意接受现实社会的读书人。我不钟情于仕途，也不是不愿意融入现实社会或者倾向于反现实主义，我就是想"隐"，或者单纯就是想"藏"，把自己暂时藏起来，返璞归真偷偷闲，享受片刻逃离的快感，仅此而已。

但是，又能藏到哪里去呢？

遮天蔽日的深山老林？人迹罕至的荒漠戈壁？椰林连连的海上孤岛？抑或是那刀耕火种的原始村落？

人可以暂时逃得开环境与空间，但始终逃不开自己的心。世界原本五彩斑斓，而你却只用黑白两色的目光去看它，它又怎能呈现多彩的艳丽？

踌躇之中，来到了终南山。

这次来终南山没人得空陪伴，只能孤身一个。想想也罢，既没有同行者，干脆就爽性地独自听风赏茶，一个人的旅途，更易于聆听自己的心语。何况，虔诚的朝圣之路本该独行。

初冬的山脚下寒风瑟瑟，一片寂寥。沿着铺满落叶的山路拾级而上，一路全是枯枝干叶，满目萧条，偶尔遇到光秃秃的枝头上挂着鲜红的柿子，枯寂之中透出了几分鲜活之感。

"太乙近天都，连山接海隅。白云回望合，青霭入看无。分野中峰变，阴晴众壑殊。欲投人处宿，隔水问樵夫。"

终南山上，还真的遇到了樵夫。

　　刚上山，远远就看到半山上一身灰色粗布衣裳的砍柴人，面容虽不清晰，但山间随风飘荡的衣襟煞是洒脱，不一会儿，就不知飘到了哪里，是到了云深不知之处？

　　不费心费力去找了，自在随缘，便是晴天。

　　千辛万苦终于登顶，眼前一片旷野无边，层峦叠嶂，湖光山色，阳光明媚，竟比山脚下暖了很多。

但我还是难舍用世之心。我也自知，世间所有的美好都是不能有负担的，只要有丝毫压力，美好就不可能纯粹地呈现。到了终南山首先应该让自己的心安静下来，去感受那浮躁一点一点地从自己的意念中消散，才能渐渐降低自己对外界的要求甚至欲望，才能领悟真正的隐。

今晚的终南山只有蜡烛，我倒窃喜"青灯有味似儿时"。

昏暗微弱的光亮，跳跃摇曳的烛火最能让人感受到空灵。天因为空灵才有绚丽的阳光，心因为空灵才听得到天籁之音。学会用心去听，才会发现美丽，发现感动。最美的风景盛开在心底最纯正的情感中，历经岁月，沧海桑田，无声无息，宁静安好。

人生最本源、自然、珍贵、终极的东西是生命，而不是生活，其他林林总总都是附加物，或者说是修饰物。

人不能为了一件漂亮的衣服而放弃生命，谁都没那么傻，但是面对金钱、地位、名声等那些与漂亮衣服没有本质差别的修饰物时，或许就会犯傻了。对于没有出世的凡人而言，唯一能与生命相提并论的东西，也许是信仰、情感，一定是最原始的东西，绝不是任何物质。终南山上修行的人，过着最简单的生活，目的也是修炼自己摆脱对物质的依赖，将生命聚集在相对纯粹的精神之上，以获得生命的自由。

明白了，隐居，不一定要藏在深山云海之中，真正的隐士在于"隐"，而不在于"居"，隐的是颗凡尘之心、功利之心，是欲望与贪婪之心。其实，当你能真正做到隐心，居住在哪里反而不那么重要了，即使是隐于闹市之中，隐于朝野之上。

"结庐在人境，而无车马喧。问君何能尔？心远地自偏。"

凡心静之人皆能"闭门即是深山，读书随处净土"。不论在哪儿都能享受天地的灵气，获得自由的灵魂。

终南山，道骨仙风之地，自然少不得茶——松针茶。

松针茶，虽称为茶，其实就是纯粹的松针。挺拔翠绿，清香芬芳，可有效降低血压。

采摘松针，一定要采5年以上的老松树；首先要彻底清洗干净，由于松树油性较高，不易清洗，可用软刷子细细刷洗；将干净松针切成段，即可煮或泡，也可用沸水焖。

松针茶性寒凉，味清苦，不宜浓饮。

下山了，感觉把心里所有的负担都留在了这雄浑而硬朗的山里，这才开始认真地赏起了终南山的景致。

很多情，直到你失去的时候，才惊觉它对你有多么不舍；很多地方，直到你离开的时候，才发现它有多美，有多么让你留恋，就像这太乙终南。

谢谢你，帮我承担了那么多的沉重。

29. 天山脚下飘香的奶茶

　　已经很多年没有在电影院看过电影了，今年热播的影片《攀登者》，是我格外喜欢的题材，便破天荒地去电影院看了，很喜欢。其实现实中的我们不也是一个个的攀登者吗？

　　回味之余，专门看了阿来著的《攀登者》。

　　"春天来到。南亚次大陆过冬的襄羽鹤排开整齐有序的阵形在连绵起伏的喜马拉雅山区的雪峰之上飞翔。

　　"鹰隼攻击，雪地上血迹斑斑。紊乱的气流袭来，把几只鹤压下去，跌落雪坡，它们对着上升的鹤群哀哀鸣叫。鹤群依然上升，顽强地上升，终于飞越珠穆朗玛峰的顶峰。它们发出欢快的鸣叫声，顺风滑翔，飞向苍茫无际，一马平川的青藏高原。"

　　看到这儿，勾起了离乡多年的我无尽而浓烈的思乡之情。

　　我多么想如襄羽鹤般飞过"横亘在天际线上、连绵起伏的雪峰"，回到我"苍茫无际、一马平川"的故乡，然后发出生命中最"欢快的鸣叫声"。

　　我是新疆人，无论走到哪里，新疆都是我的故乡。

　　离开新疆十几年了，一直在全国各地漂泊，最后定居广东。虽然广东是我的籍贯，少年时代还曾在这里上过一年多高中，

但始终觉得只有新疆才是我真正的家。因为在那里有我曾经的童年,有我回忆的岁月,有和我一起长大、始终牵挂的人。

每个人之所以对故乡有难以替代的依恋,是因为故乡是个藏着特殊感情的地方,在其他地方很难找到这种感情,或者叫家的滋味。无论现在的你如何出人头地,只有曾经那些平凡的熟悉与思念才能唤起你对家的回忆、家的缠绵。

一直想写一篇新疆的茶,但新疆并不产茶。直到有一天,回到故乡,在天山脚下哈萨克族的毡房里再一次喝到了曾经无比熟悉的哈萨克奶茶。顿悟,新疆有茶!且是不同凡响的茶!

一提到天山,每个人脑海中浮现的都是终年积雪的群峰,茂密蔽日的林场,通往天际的山路,炊烟袅袅的毡房,还有那无边无垠的草场,漫山遍野的牛羊。这些让人不禁心旷神怡,顿生无限神往。

天山,真的配得上"大美"二字。

天山,在世人的想象中,自古就是个有着几分神秘色彩的地方,好像天山在那遥远的天边。

"已惯江湖作浪游,且将恩怨说从头,如潮爱恨总难休。瀚海云烟迷望眼,天山剑气荡寒秋,蛾眉绝塞有人愁。"

在梁羽生的《七剑下天山》中,天山是个充满血雨腥风、爱恨情仇的险恶江湖;而在金庸的《天龙八部》中,天山深处的缥缈峰灵鹫宫里还藏着一个高深莫测的天山童姥;《西游记》中王母娘娘开蟠桃会的瑶池在新疆天山之中的天池;此外还有孙悟空、牛魔王、铁扇公主在火焰山发生的神话故事。

这就是新疆,这就是天山。

　　新疆广阔的天山南北，只要有水流过、有草生长的地方，就有哈萨克族的毡房、牛羊，就有哈萨克奶茶的飘香。

在"大西洋的最后一滴眼泪"赛里木湖畔，就是哈萨克族人民美丽的故乡，那里的奶茶，更加香醇、更加悠扬。

奶茶，是发源于中亚地区以及蒙古高原的一种游牧民族的日常饮品，所以传统的奶茶又被称为草原奶茶，这也是所有奶茶的起源。

其实奶茶是一种融合性很广的国际性茶饮品。所以，奶茶既是最传统，也是最时尚的符号。今天，奶茶已遍布各个角落，如印度奶茶、港式奶茶、台式奶茶、椰香奶茶等。

新疆天山山脉的广大牧区大多属于高寒地区，同时又缺乏蔬菜，奶茶便成了哈萨克族牧民驱寒果腹的必备之饮。

哈萨克族主妇每天清晨起床后做的第一件事，就是为一家人煮奶茶。晨曦初露，牛羊们悠然地吃着青草，洁白的哈萨克族毡房前袅袅的炊烟中奶茶飘香，这也成了天山脚下一道亮丽的风景线。

奶茶的主要原料就是奶与茶。哈萨克族牧民先将大块的砖茶撬成片状，放入铜壶中熬煮，然后倒入新鲜牛奶继续加热直至奶与茶充分融合，去除茶叶，再加入适量的食盐即可。

哈萨克族，是真正的"马背上的民族"。

哈萨克族人自古崇尚的就是热情与豪迈、开放与包容、质朴与纯真、宽广与自由的草原文化，在他们强壮的身体里从儿时起流淌的就是自由的血液。

哈萨克族人的舞蹈是自由的，就像《黑走马》，表现的就是哈萨克族人骑着骏马在广阔无边的草原上自由地驰骋。哈萨克族人的歌声是自由的，就像篝火边怀抱着冬不拉的"阿肯弹唱"，即兴而发，随心随性，无拘无束，自由自在。哈萨克族人心目中的英雄是自由的，在他们的心里，世间最伟大的英雄就是天空中展翅的雄鹰，无所畏惧，坚韧不拔，勇往直前，自由翱翔。哈萨克族姑娘的感情是自由的，遇见了心爱的小伙子，马上挥舞手中的马鞭，纵马飞奔勇敢地追逐自己的爱情。哈萨克族人的家是自由的，马背驮一顶毡房，山脚下、小河边、草原上，走到哪里，哪里就是自己的家。哈萨克的奶茶同样是自由的，茶香伴着哈萨克族牧民悠扬的牧歌与悠闲的马蹄声，在山涧、在林间，在原野、在河边就像天上的白云自由地飘荡，煮的人无拘无束，喝的人悠然自得。

在那蓝宝石一般湛蓝的天空下，无论男女老幼，哈萨克族人时时刻刻都自然流露着会心与坦荡的微笑，这是一种内心纯粹自由的自然表现，不慌不忙，不拘小节，充盈了满满的、发自内心的幸福感，这种心安理得的幸福感不需要向任何人证明，自己知晓就好，自己体会就好，内心丰盈，平和安逸，心地宽广，胸怀坦荡。

蓝天之下似乎都是哈萨克族人的家，就像哈萨克族叙事史诗《黑萨》中所唱的那样："特克斯河、巩乃斯河和喀什河，汇

聚成美丽的伊犁河。太阳照耀着昆仑山，公牛肉汤一样的河水，金子一样的土地，这里是哈萨克族人民最好的牧场……"

每个人最终都会走到生命的终点，走进无尽的黑暗，这是人生中最悲怆的事，也是最无可奈何的事。所以，人生一世最重要、最有意义的事，是尽力体会活着的滋味。

哈萨克族人的生命是丰满的，是富足的，他们一定不会惧怕生命终止的残忍，因为他们每时每刻都在忘情享受着属于自己的人生，每日每夜都在充分体会着人生中真正的自由。

他们的生命是自由的，灵魂也是自由的。

自由，是哈萨克族人历经岁月、永恒不变的生命主题。

躺在青青草香的原野上，枕着胳膊，望着天空，那棉花糖般的白云半眯着眼睛在自由地游荡着，还不时回头看我一眼。白云笑了，我也笑了。

好思念这曾经的岁月，好思念天山脚下，我的故乡。

"命运之神……让我回到苍凉却壮美的吾乡，凝视我幼时熟悉的风光，我只求看到，我熟悉的地方。"——拜伦

30. 冰城冰雪中的俄罗斯甜茶

　　哈尔滨，"东方莫斯科"，至今仍然保留着很多俄罗斯风情建筑，最具代表性的应该是圣索菲亚教堂。

　　远远地你就能看到它鲜明的建筑标志——洋葱头屋顶，尤其在夜晚，宏伟壮美、富丽堂皇，格外的醒目。

　　白天的圣索菲亚教堂却多了一份神秘与沧桑。

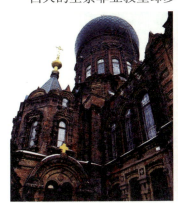

　　索菲亚，源自希腊语，"上帝的智慧"。

　　这座位于索菲亚广场，距今已超过 100 年历史的东正教教堂，具有鲜明的土耳其拜占庭建筑风格，其建筑艺术精美绝伦，具有浓郁的异域风情。尤其是那象征宇宙的色彩斑斓的穹顶极具神秘色彩，使人见到马上便联想到巴黎圣母院、艾丝美拉达、卡西莫多，还有教堂的钟声。至圣之地的确更接近神灵。

教堂的钟声是美妙的。欧式教堂的钟与中国传统寺庙的钟不同。欧式教堂的钟共有 7 座，是 7 个不同的音符，钟声抑扬顿挫，华丽流畅，但丝毫不失虔诚与敬畏之感。中国传统庙宇的钟声却显得古朴而悠远，苍劲而凝重。

7，一周的天数，还代表着圣灵的 7 种恩赐。

我始终觉得教堂给人的压迫感太重，让人觉得自己就是个有罪之人，面对至高无上的神虔诚地忏悔与祷告才能赎去自身的罪孽，这种氛围实在是太压抑。而中国传统的寺庙通常置身于"明月山间照，清泉石上流"的鸟语花香的世外之地，幽静、清雅，又不失肃穆，青烟袅袅，发人参悟。

除了教堂与建筑，俄罗斯人还在这里留下了甜茶。

不要以为俄罗斯人只喝伏特加，俄罗斯有着传统的饮茶习俗，无论是王公贵族，还是农夫平民，皆酷爱饮茶。

俄罗斯茶与世界其他国家的茶一样，也是源于中国。

俄罗斯的饮茶习俗与中国不同。俄罗斯人饮茶不仅要煮，还要搭配丰富的餐点，如馅饼、蛋糕、果酱、面包等，还喜欢很多人聚在一起，一边喝茶，一边谈天论地，属于一种热烈的交际方式。

俄罗斯人钟爱红茶，通常还要加入糖或蜂蜜，制成甜茶，有的俄罗斯人还会加入果酱，甜醇可口。

俄罗斯的茶器也很特别。盛茶的容器叫茶炊，都是由金属材质制成，把手、壶嘴、支架等做成海豚、狮子、斑马等栩栩如生的动物造型，做工精美，极具异域风情。

对于敢挑战棕熊的俄罗斯人我一直心存浓厚的好奇。为此，还专门看了一本叫《俄罗斯性格》的书。

书中所讲述的第二次世界大战中，那位被毁容的"战神"坦克手德里莫夫，成了多年来俄罗斯人在我心目中的形象代表——热爱祖国、英勇无畏，但也充满柔情与爱心。

每到一个初临之地，我便夜里独行一番，为了夜的味道。哈尔滨的夜更有意味，尤其是中央大街，有些森然，源于原德国领事馆那坚硬的花岗岩建筑；有些迷离，源于异域风情十足的马迭尔宾馆；还有些暖，源于俄罗斯甜茶。

品味哈尔滨、品味俄罗斯甜茶一定要在冬季，最好是一个雪花大如席般纷飞的日子。

恰逢严冬，窗外飘着鹅毛大雪，倚坐在温暖的俄罗斯茶馆，慢悠悠地喝着热气腾腾的俄罗斯甜茶，这是种冰雪中透着一股甜丝丝味道的冬的温暖。

茶馆里的壁炉正噼噼噼地燃着木炭，不时，还会发出噼噼啪啪的爆裂声，沉睡的意识渐渐产生了阵阵的涌动，回忆苏醒，我回到了遥远的童年时的冬天。

铺满皑皑白雪的街道，厚厚的鞋子踩在上面柔软而舒服，还会发出嘎吱嘎吱的声音；头顶不时会飞过几只不怕冷的麻雀，停在挂满雪花的枝头上，突然被什么惊飞，爆出了叽叽喳喳的叫声，枝头上的雪花随之落下；远远地看到妈妈，马上跑过去想抱住她，但彼此都穿得太厚，抱得好吃力；窗上结满了一朵朵美丽的冰花，有的像生机盎然的小草，有的像原野中盛开的娇艳的花朵，还有的像天上的星星，每朵冰花自有它的美丽，小孩子们将自己的手指头按在冰花上，融出一个小孔，把眼睛凑过去，好奇地看着外面那个神奇的世界。

中国寻茶之旅

浪漫的雪花如一片一片彩蝶飞舞般洒落，冰雪的世界那么晶莹、纯净，天地之间化作了一个风情万种的仙境，白雪公主翩翩起舞，冰清玉洁……

凡从小在寒冷的北方长大的人，都会心存一份丰盛的冬的情结，这种冬的情结，只有经历过雪花漫舞的人才能明了。

年少时，我们最渴望的事，就是长大。长大以后才知道，年少的时光有多么的幸福，只是年少时的我们浑然不觉，在若干年之后回忆时才品得出。如今年少的滋味早已随城市发展的进程而消失，化作了乡愁，躲进了梦境，手中这杯暖洋洋的甜茶，却帮我重温了只有偶尔在梦中才会出现的那份已经渐行渐远的少年之情。

山河变迁，岁月更迭，除了现在，我们什么都无法留住。背上行囊，我是匆匆的过客；放下行囊，身在哪里，哪里便是我的故乡。

站在古老的火车站前，与独具俄罗斯风情与魔力的哈尔滨，与冰雪之中那暖暖的俄罗斯甜茶告别，我会带着梦幻般的遐想离开，带着冬季里的温暖继续前行。

尽管旅行是一段又一段不同的路程和风景，但我会珍惜所走过的每一个城市和乡村，踏过的每一寸土地和原野，经历过的每一次日出和日落，还有旅途中遇到的每一个触动我的人，每一个感动我的故事。因为旅行不仅是身体更是心灵的体验。

保存在日记里的文字不过是一个一个片段，安放在记忆里的感受，却是生命中最美的永恒。

142

31. 都匀**惊**出一身冷汗的茶

　　到都匀，就是为了都匀毛尖。这不，连酒店都订在"都匀毛尖度假酒店"，还是妻懂我。

　　尽管从未对她提及，但我知道，"懂"比"爱"更重要。爱，能走近彼此的生活，懂，却能走进彼此的生命。"懂"，已成了我生命中最珍贵的一部分，因为我确信，这个世界上只有她一个人能给我这种"懂"的味道，自然而然的温暖，无声无息的温馨。

　　酒店房间的布置非常适合喝茶，写文章，楼下的藤椅也能让你随时享受惬意。

　　都匀，黔南布依族苗族自治州的州府。地处"九溪归一"的剑江江畔，剑江穿城而过，故，都匀有很多桥，百子古桥、银狮桥、彩虹桥、月亮桥、剑江斜桥……100多座不同年代、不同建筑风格的桥全都汇聚在了这里，形成了都匀一道独特的风景线，都匀因此又被称为"高原桥城"。

　　这里随处可见穿着少数民族精致服饰的人。其实直到现在我还傻傻地分不清不同民族服饰的差别，只觉得布依族的服饰朴素些。就拿女孩儿来说，主要是刺绣、蜡染和头帕；色彩也单调些，主要是蓝、白、黑三色；佩戴的首饰也较简单。苗族女孩儿的服装色彩及配饰要绚丽很多，尤其是银饰，包括头饰、项圈、首饰、挂饰等，多姿多彩，华丽炫目。

　　正好看到两个漂亮的布依族和苗族女孩儿的玩偶，带回去细细地研究。

　　不过，不管布依族还是苗族的女孩儿都非常漂亮，这一点绝对无可置疑。听本地人说，外地的男性遇到当地无论多漂亮的女孩儿，都不能随便上前去搭讪，否则当地的小伙子可不会轻易地放过你。

这不禁让我想起小时候看过的墨西哥电影《叶塞尼亚》。

相信大多"60"后、"70"后一定不会忘记美丽迷人还有几分野性的叶塞尼亚和英俊潇洒的奥斯瓦尔多，还有那句"两个人的血融合在一起了，你要永远像现在这样对待这个女人"。

不知都匀的布依族或苗族的婚礼是否也会有这样让人感动落泪、铭记终生的一幕。

都匀是著名的茶都，都匀毛尖早在明代就被列为了贡茶，因其形似鱼钩，故崇祯皇帝赐名"鱼钩茶"。

这名字好怪！

今天才知道，都匀毛尖这个名字是毛主席亲自命名的。

最具代表性的中国十大名茶是1915年巴拿马万国博览会评选出的西湖龙井、洞庭碧螺春、信阳毛尖、君山银针、福建铁观音、黄山毛峰、武夷岩茶、祁门红茶、都匀毛尖以及六安瓜片。都匀毛尖傲然位列其中。

都匀毛尖最突出的特点是"三绿透三黄"，干茶色泽绿中带黄，汤色绿中透黄，叶底绿中显黄。我记住了。

原来只知道都匀有著名的都匀毛尖绿茶，这次却意外遇到了都匀红茶，而且口感与品质都属上乘。都匀的毛尖红茶全部是茶芽制作，这一点对于红茶而言确实有点奢侈，但滋味也因此而无比醇厚。

我真是茶福不浅！

距离茶博园不远，隐在群山之中的便是毛尖小镇。

听说毛尖小镇有很多贵州当地产的好茶，立刻兴奋起来，马上冲过去，打算统统尝个遍。

但没想到，突然之间就变天了。刚开始，只是下了些毛毛细雨，我一点儿都没在意，早就听说贵州"天无三日晴，地无三里平"。很正常嘛。

过了一会儿，发现落在地上的雨水竟然结成了冰。

这是传说中的冻雨啊！山上的树也开始渐渐地挂上了白色的霜，我带着妻和儿子赶紧逃回宾馆。

外面不知道到底是雨，还是雪，反正就一直不停地下着，房间的空调一直开着，但一点儿都没用，听说主机被冻坏了。屋里越来越冷，好像空气都要冻结成冰了。妻和儿子都躲到了被窝里。这样的天气我也无能为力，因为结冰所有的道路都已封闭，没有车能够带我们离开这儿。这会儿，我们一家人只能暂时听天由命了。

天渐渐黑了。全家晚上吃什么呢？我开始发起了愁。喝茶毕竟不能代替吃饭啊，何况还有5岁多的儿子。

这是个度假型酒店，不太高的几幢洋房散布在山间，餐厅距离我住的那幢楼很远，还要路过一个很陡的坡和很多台阶，这时候外面一定很湿滑，估计在这种天气情况下酒店无法提供送餐服务。

妻儿总得要吃饭啊！一咬牙，不顾妻的阻拦，我顶着风雪冲出了屋子，那感觉就像是去慷慨就义。

艰难跋涉到了餐厅，里面黑洞洞的竟然没有人，看来这场风雪实在太猛烈，连酒店的餐厅都无法正常运行了。无奈的我继续向山下走着，走了半小时，终于找到了路边一家小超市，我像看到了救星般冲了过去，阿弥陀佛！小超市在营业！看来今晚至少有泡面果腹了。

　　躲在宾馆，裹在被子里，还是忍不住泡了一杯都匀毛尖，房间里茶香四溢，顿觉暖了些许！尽管窗外依然风雪交加，但有茶相伴，已是难得了。

　　有惊无险的一夜过去了。早晨醒来，推开窗，眼前出现的竟然是一片傲雪凌霜的北国风光，一时间我甚至怀疑此时此刻是不是置身于天寒地冻的东北大地。

　　后来得知，我们经历的可是贵州近 10 年最大的一场暴雪。

　　我的天啊！真不知道该用惊喜还是惊吓来形容这一夜。

32. 青岩古镇清**凉**的茶

去年在都匀被突如其来的暴雪冻了一场，惊了一身冷汗，今年"不怕死"的我又来到了贵州。

出了贵阳机场，站在大厅门外还在踌躇着，到底是花溪、青岩还是天河潭？我都想去，但只有一天时间。时间，有时是折磨人的一道菜，想吃却吃不着；有时是耐人寻味的一瓯茶，可以缓缓流淌，慢慢品味。

抽了一支烟，最终决定去青岩，原因就一个，距离最远。我喜欢遥远的感觉，最好能远到天边。

在喧闹的城市里生活得太久，耳朵已经麻木，总想躲到安静的所在；眼前的地方停留得太久，目光有些呆滞，总想用脚步去丈量，走到陌生的远方。有时候甚至不管有没有诗，只要是远方，只要能远离，只为了别让自己枯萎。

这到底是"逃"？还是"离"？好像都是。

打听到了一个意外的好消息，机场大巴可直达青岩古镇，这一班还有 10 分钟就要发车，顾不上吃饭，直接跳上了车。

大巴缓缓驶出了机场，才拿出手机研究起了青岩古镇。

青岩古镇距贵阳龙洞堡机场约 30 公里，始于明洪武年间，是个有着 600 多年历史的文化底蕴深厚的古镇。清末，这里因出了贵州第一个文状元赵以炯而名噪一时。

进了古镇，先找客栈。

说实话，我的客栈情结完全源于妻，现在的我对这种木雕窗棂、亭台楼榭的复古风格客栈已经彻底地走火入魔了。

接下来，饥肠辘辘的我得赶紧解决肚皮问题了。

青岩古镇的地方特色小吃有很多，我挑了猪蹄、米豆腐、糕粑稀饭。因为牙疼，所以选的都是松软之物。

我可是卤猪蹄的高手，谦虚点儿说，青岩古镇的状元猪蹄和我的手艺相比还是有得一拼，最主要的是软糯感到位了。

米豆腐很爽滑，适合这种炎热的天气。

糕粑稀饭有几分特色，黏糊糊的有点像西湖藕粉，主要是各种配料很讲究，我隐约尝出了里面有小时候吃的月饼常有的青红丝的味道。尽管年幼时的我并不怎么喜欢这味道，但现在的我最钟情的却是这种老味道，好像藏着时光的滋味。

到这种古朴的古镇就是放下所有羁绊，充分体会慢节奏，我理解为"努力保持快乐的体验就是人生始终不变的目标"。

青岩古镇，名副"青岩"之实，整个古镇就是用青灰色的石头建成的，颇有种冷峻的力量感与强烈的立体感，这一点与江南水乡那些清新秀丽、水墨丹青的古镇形成了鲜明的反差，更具"拙"与"朴"的质感。

这条僻静、狭窄的石板路叫"背街"。

脚下的青石板历经了几百年岁月风雨的洗刷与人们足履的磨砺，都已泛出了温润、悠亮的光芒。那刀刻一般清晰的纹理就像镌刻在一个沧桑老者脸颊上的皱纹，不仅丝毫不觉得丑陋，还让人心生阵阵的敬意。

古镇四下里全都是做工精美、工艺精湛但又蕴含着丰富质感的木雕、石雕阁楼，画栋雕梁、飞角重檐，让人流连其中，不忍离去，只想就徜徉在这儿一辈子。

青岩古镇当然还有我最喜欢的所在——茶园。

头顶上一棵郁郁葱葱的老树随着风飒飒作响，一荫沁凉下一边感受着清凉贵州的清凉山风，一边在具有淳朴民风的茶园品茶。品的不仅是茶香，更是"以梦为马，莫负昭华"的醇香生活之味。生活本来就该如此。

在青岩古镇的茶园里，品到一种贵州独有的高原绿茶——"绿宝石"。

这远离污染，天然纯净的贵州高原的"绿宝石"除了绿茶的鲜爽之外，还有种特殊的栗香，滋味醇厚，持久耐泡，很合青岩的这个"岩"字，颇有质感。据说"绿宝石"冲泡七道后仍有余香，所以当地人又称之为"七泡茶"。

古镇的灯光骤然亮起，才发觉已入夜了。古镇定要夜宿，否则就是暴殄天物。入夜后的青岩，一切都化作了"清凉"，清凉中不禁长舒了一口气，好似终于熬过了炎热的夏天。风清月凉，一片飒爽，好一个清凉贵州！

当下，似乎整个世界都被焦虑攻陷了，因为"浮"，尤其是灵魂的漂浮；因为"热"，尤其是心境的燥热。平心静气的道理人人都懂，但又有几人能把握住自己的灵魂与心境？

如果你时常感觉控制不了自己的"热"，那就来青岩吧。青岩厚重的"岩"可让漂浮不定的灵魂重新回到自己的躯体，让你身心合一；青岩山风的"凉"可让原本那燥热悸动的心境静如止水，让你放下执念。

嗜欲深者天机浅。世间万物终将归于尘土，所有执念都是痛苦之源。那佛家修的不也是一颗看破无常的清凉之心吗？

清凉，方能心静、意静、身静、行静。

远处闪耀着的灯火好似天边的银河，好清！好凉！自己的心灵在这片清凉之中一泻千里。

清凉的青岩有清凉的山，清凉的风，还有清凉的水，清凉的夜，更有清凉的茶，带我走进的是清凉的世界，给我带来的是一颗清凉的心。

我爱这清凉的感觉。

33. 湄潭茶海中的茶

从贵阳到湄潭，要经过遵义。

遵义，"遵道行义"。遵义被誉为"红色之城"，"红"是源于中国共产党历史上那个生死攸关的"遵义会议"。

就是这样一个光线昏暗的屋子，一张破旧的木桌子，几把普通得不能再普通的木椅子，改变了中国的命运。

已经是第二次来遵义了，这次才知道，"遵义红"是贵州著名的红茶。口感不是非常细腻、顺滑，但却很有质感。似乎质感厚重是大多数贵州茶的显著特点，很合我的茶性，因为我喜欢这种有棱有角的硬朗气质。

遵义到湄潭70多公里，乘汽车只需要1个小时。

到湄潭，意外遇到了湄潭的樱花节。

原来只知道每年的三四月间是日本的"樱花节"，而樱花也是日本的国花，没想到中国竟也有樱花节。

一直对樱花有一种别样的感觉，艳丽、残忍，也不曾认真接近过樱花，这次近距离接触了，也改变了些许以往的认知。

首先，樱花是"先花后叶"。

樱花开放，突然挂满枝头的是洋洋洒洒的花朵，几乎没有几片树叶，给人一种厚重之感，完全颠覆了我以往想象中所谓的艳丽。寒冬刚过，在一片冷峭肃杀之中，象征着美丽、浪漫、热烈与纯洁的樱花就直截了当地带来了春的气息。

此外，是樱花的花意。

樱花的花期很短，通常只有六七天，所以樱花的灿烂显得格外珍贵。就像人生，既然那么短暂，就应该在凋谢之前轰轰烈烈地尽情绽放，否则，岂不是枉来世上走一遭！

这次湄潭之行还听闻了樱花在日本的传说。

相传原本樱花只有白色的花朵。

幕府时代的日本，当一个崇尚武士道精神的勇敢武士到达人生的顶峰后，会选择在美丽的樱花树下剖腹自尽，在最辉煌的时刻结束自己的生命。从此，樱花开出了红色的花朵。樱花的花瓣越是鲜红，意味着树下的亡魂就越多。好残忍！

眼前这樱花与茶树已浑然天成，融为一体，让人心底还是不禁生出一股寒意。是乍暖还寒的初春残留的寒意，还是……

贵州名茶很多，除了十大名茶之一的都匀毛尖，还有春江花月夜、绿宝石、遵义红等，当然，还有这独特的湄潭翠芽。

湄潭翠芽，色泽翠绿，清香悦人，确是好茶。

湄潭翠芽茶汤黄绿明亮，回味甘甜，口感异常清纯，尤其特别的是，茶的后气很重，连我这老茶客都曾好几次醉于这款特别的茶。

茶客们到湄潭都有一个共同的目标——茶海。

中国有很多茶园都称茶海，但我觉得湄潭的茶海最像"海"。虽没有波涛汹涌，但绝对宏伟壮阔，简直就是海阔天空的茶的海洋！

在这茶的海洋，你可以坐着火车乘风破浪。

在湄潭茶海遇到了一对俄罗斯情侣。

这两个来自异国的年轻人到湄潭竟然也是为了茶。第一次在茶园看到这样金发碧眼的年轻人，颇感意外与好奇的我主动上前搭讪。

他们俩来自遥远的西伯利亚贝加尔湖畔的伊尔库兹克。那里气候异常寒冷，一年之中温度都在零下十几摄氏度到零下三十几摄氏度，所以，每年他们都会到中国一些温暖的地方度假。由于经常来中国，慢慢地他们喜欢上了中国独特的饮料——茶。

这对情侣与我以往想象中的"战斗民族"完全不同，温和而有礼貌。强壮而帅气的男孩深邃的目光让我想起最具贵族气息的球星"乌克兰核弹头"舍甫琴科。旁边美丽高挑的女孩儿有着莎拉波娃的高贵气质，简直是一对俄罗斯版的神雕侠侣。

寻茶之旅中最美好的感受不仅是品味不同的茶，还有体会不同的人。

从湄潭回遵义的路上路过一个名叫"虾子"的小镇。这里有据说是贵州最好吃的羊肉粉，关键是虾子的辣椒非常地道，镇子上有著名的中国辣椒城。

伴着虾子羊肉粉的是虾子的辣椒面，这是一种与众不同的辣椒面，不同之处在于别处的辣椒面都是油炝过的，或者干脆就叫油泼辣子面，这里的辣椒面却是纯干辣椒面，当地称之为"糊辣椒"，不仅没有一点儿油，还不添加任何其他作料，就是那样直来直去、无遮无拦的辣，过瘾！

原来我只知道湖南、四川人能吃辣椒，到了贵州才知道，谁才是中国真正的"辣神"。

34. 荔波桥边养心的茶

从小我就对桥有着一种特殊的依恋，因为我的家乡有一座陪伴着我慢慢长大的桥——西大桥。从有了记忆开始，每天都会从这座桥上走过，刚开始是妈妈抱着我过桥，然后是牵着我的小手过桥，后来，便是我背着书包自己过桥。

长大后，在我的眼中桥是一件迷人的艺术品，长长的圆拱像一道漂亮的彩虹，跨越在涓涓的河流之上，静静地看着东逝之水，那目光就像慈爱的母亲疼惜而不舍地看着自己离家远去的孩子，虽一语不发，但爱怜之意源源流淌，永不停歇。

见过很多桥，走过很多桥，也爱上了很多桥，贵州荔波的小七孔桥，却是最美。

157

　　小七孔桥，建于清道光年间。这座古朴秀丽的老石桥隐于人烟稀少的黔南、桂北群山密林深处已近 200 年。横跨恬静而迷人的响水河，在一片繁花绿叶、莺语燕呢中默默地历经岁月，荏苒光阴。春去夏来，秋离冬至，始终无声无息，无纷无乱，静看花开，闲看花落，哪管朝代更迭，谁主沉浮。

　　我贸然来到这石桥边，该是对它安然静好的惊扰。不知道这老石桥会不会厌我、烦我？我想一定会，只是它没有说出口。

　　我保证噤若寒蝉，不发出一点儿声响。

　　恰逢雨天，雨中的小七孔桥更是秀美。

　　一汪春江水，花前月下流，风清扬，雨迷茫。轻柔的薄雾轻烟中，小七孔桥寂静而缥缈，好似在无言诉说，无语吟唱。让人恍如赏着一首婉转幽美、诗情画意的琵琶曲《春江花月夜》，"不知乘月几人归，落月摇情满江树。"

　　这也是沈从文先生笔下的那座桥啊！"在青山绿水之间，我想牵着你的手，走过这座桥，桥上是绿叶红花，桥下是流水人家，桥的那头是青丝，桥的这头是白发。"

葱郁婆娑的参天古树，藤蔓缠绕的嶙峋怪石下，翡翠一般深邃而幽碧的湖水风情万种，蜜意千般，这沉静之美能把你的心都化了，化去坚硬、化去纠缠、化去所有难以释怀的东西，尤其是化去内心深处的固执。

这"化"恰是最具柔情的滋养，让你的心能柔软下来。

固执，常常被错误地解释为坚持。这固然与每个人的认知能力有关，但每个人都应该主动地定期让自己的心渐渐柔软下来，并养成这种习惯。就像岁月可以稍稍浪费，让自己偷偷地歇歇脚，但绝不能恣意挥霍，要懂得适时止损。

上善若水，柔软的心才不会一味地责备别人和自己；柔软的心才会多一分包容，才能理解每一个人的不容易，包括自己。仁者方能得寿，仁者方能养心。

"远看山有色，近听水无声。春去花还在，人来鸟不惊。"

河中泊着的小木船诱着你驻足凝眸，渐渐心如止水，心轻如云。我如沈先生般一边看水，一边想着我的"三三"，不知我的"三三"会不会沿着这响水河来找泊在心里的小船。

实在不忍离去，便决定今夜就住在万念俱息的养心之谷，在养心的古桥边，听空谷足音，滋养心灵。

每个人的心里都住着一个纯净的自己，只不过有时不小心把那个自己弄丢了。荔波的古石桥边，你会重获自我，然后与那个自己欢喜相拥，泛起轻舟。

你或许惊喜，那个远在天边的纯净的自己又回来了。其实，那个纯净的自己从未走远，只是被你暂时遗忘在生命的角落，只是你没有来到这养心的桥边。

安心地交出灵魂，才是完全的养心。

"养心莫善于寡欲"，这是养心之源。而寡欲莫善于品茗，清茶可洗去心尘。

夜静春山空，如银月色下的石桥静得只剩下偶尔传来的几声深谷里的鸟鸣，时断时续的回音之中，清风至，茶便来。

曲有《春江花月夜》，诗有《春江花月夜》，贵州还有茶，也叫作春江花月夜。贵州凤冈的春江花月夜是富锌富硒之茶。含锌或含硒的土壤较常见，但同时富含锌硒之地，只有凤冈。

春江花月夜茶，形似鱼钩，色泽青绿，白毫如银；冲泡后品饮，浓却不苦，青却不涩，鲜却不淡，实为养心之茶。

品着春江花月夜，享着春江花月夜，才发现，原来我们的心灵也是有味觉的，不仅需要情感的浸润，也需要茶的滋养。

想起了沈先生的《边城》："我这一辈子走过许多地方的路，行过许多地方的桥，看过许多次数的云，喝过许多种类的酒，却只爱过一个正当年龄的人。"

35. 峨眉山的禅意佛茶

饮茶之风，最早现于佛家。

《封氏闻见记·饮茶》曰："南人好饮之，北人初不多饮。开元中，泰山灵岩寺有降魔师大兴禅教，学禅务于不寐，又不夕食，皆许其饮茶。人自怀挟，到处煮饮，从此转相仿效，遂成风俗。自邹、齐、沧、棣，渐至京邑，城市多开店铺，煎茶卖之，不问道俗，投钱取饮，其茶自江、淮而来，舟车相继，所在山积，色额甚多。"佛家崇尚饮茶，自古皆然。

佛教僧人为什么要将茶作为日常必备的饮品？

其实与茶性有着密切的关系。

佛教僧人日常主要功课是坐禅修行，这个过程，需要静心息气，专注一境，才能启发智慧，体悟大道。而在长年累月的修行之中，僧人又少食少眠，为了克服困顿的状态，就以茶来消除疲劳，提神醒脑。此外，茶之本性，洁净清淡，符合佛教淡泊宁静的意境与忌荤抑欲的生活方式。

"天下名山，必产灵草。"中国，但凡名山大川，必有宝刹名寺，凡有寺院必有茶园。讲经颂道、开化点拨之所必定有茶。有多少名茶就是源于佛教的圣地，四川峨眉山的佛茶竹叶青，便是其中之一。

与其他茶类不同，竹叶青的等级名称很特别，分为三级：首先是品味级，由峨眉山高山茶区所产鲜嫩茶芽精制而成，可细细品味其色、香、味、形；接下来是静心级，是从品味级茶中精选而出，品饮此茶可怡神静气，心静神宁；最高级别是论道级，由峨眉山高山茶区特定区域所产的鲜嫩茶芽精制，再经精心挑选而成，产量非常有限，极其珍罕。

论道级又分为普通论道和至尊论道。至尊论道级别的茶采自海拔 1200 米以上的产茶区，普通论道级别的茶采自海拔 1200 米以下的产茶区。

论道级别的竹叶青属于高端茶。

说到"佛"茶，必聊"茶禅一味"。

"茶禅一味"之说，出自佛教。

圆悟克勤，宋代著名的得道高僧，生平先后弘法于湖北、四川等地，晚年住持成都昭觉寺。慕其为得道高僧，宋高宗在金山寺向大师询问佛法，并赐名号"佛果禅师"，后又赐名号"圆悟"，圆寂后谥号"真觉禅师"。

圆悟大师品味茶的无穷奥妙，写下"茶禅一味"。该手迹被前来悟道参礼的日本一休宗纯禅师带往日本，作为镇寺之宝珍藏于日本奈良大德寺。这个一休禅师，就是我们熟悉和喜爱的那个"聪明的一休"。

"茶禅一味"，指茶道与禅道有共通共融之处，而融会贯通，在于清淡之茶与淡泊禅道都是在追求"尘心洗尽兴难尽，世事之浊我可清"的精神境界，二者殊途同归。

"翠团云拱嫩芽新，百碾千搓一水淳。我看座中名利客，能知真味是何人。"

茶，品人生浮沉；禅，悟涅槃境界。"茶禅一味"即品茶如参禅，"茶即禅，禅亦茶"。

茶禅，带给人的启迪就是"放下，吃茶去"。

禅，通常被理解为与佛教有关的事物。

佛家传播机要秘诀，称禅机；僧堂称禅堂，佛教庙宇寺院又称禅林，僧侣静修居住、诵佛讲经的房屋称禅房；有德行的佛教中人则被尊称为禅师。

的确，禅与佛教有着很深的渊源。

禅，是印度梵语"禅那"的音译，意译则为"静虑、摄念、思维修"，也就是冥想、修行的意思。

"思维修"，依因立名，指一心思维研修为因，得以定心。

"静虑"，依体立名，是指禅那之体，寂静而具审虑之用。静即定，虑即慧，定慧均等之妙体曰"禅那"，就是佛家通常所讲的参禅。虚灵宁静，将外缘全部摒弃，不受干扰与影响；把神收回，使精神反观自身即是"禅"。

禅，作为一种佛家的行为，就是在禅坐的过程中，放下内心所有的思绪与杂念，将自身全部意念集中于一处，从而使自己的思维与意识能够完全置于纯净与透明的意境之中，然后，安静思考。

禅的修习方法，源于婆罗门的经典《奥义书》所载，即静坐调心、制御意志、超越喜忧，以达到"梵"的境界。

修禅的目的，以静治烦，实现去恶从善、由痴而智、由污到净的转变。使修习者可以从心绪宁静到心身愉悦，从而进入心明清空的境界。

禅者，心也，心中有禅，坐亦禅，立亦禅，行亦禅，睡亦禅，时时处处莫非禅也。人顿悟，即得禅意。

中国禅宗六祖慧能大师说："外离相曰禅，内不乱曰定。"意思是，不为外部所动，即"禅"；不为内心所动，即"定"。

四川峨眉山与浙江普陀山、山西五台山、安徽九华山并称中国四大佛教名山。

九华山供奉的是地藏王菩萨，五台山是文殊菩萨，普陀山是观世音菩萨，而峨眉山供奉的是普贤菩萨。普贤菩萨代表着诸佛的理德与定德。

黄昏后的峨眉就像是一幅油画，置身画中，心境都好似被涂抹了一层厚厚的油彩，整个人也变得多了几分厚重与沉静。此时泡一杯峨眉竹叶青，就像是在油画中品酌。品天下之秀，酌清心之茶。

青灯夜凉，此时此刻，就想从此隐匿于这幅油画之中，隐居在这杯竹叶青里，任时间自然流过。

时间的魔力，不是能解决多少问题，而是能让所有重要的问题不再那么重要。

36. 蒙顶山雨中触摸内心的茶

成都到雅安 140 公里，还没有通火车，只能乘长途汽车。

之前很长一段时间情绪持续低沉，妻执意带着孩子陪我，深感欣慰。我相信一贯明朗的妻一定能给我带来明朗的心境。

提前一天便住在了成都新南门长途汽车站的附近。

出发的那天早晨，成都正下着蒙蒙细雨。

记不清平生已来过多少次成都，应该有七八次吧，但好像每次都是阴雨天气，这次也不例外，这是成都我唯一不喜欢的地方。听说雅安的雨水更多，被四川人称为"雨城"。

由于下雨，汽车的玻璃上生了一层薄薄的雾气，儿子用手指擦去一小片好奇地看着外面，我也凑了过去。车窗外的世界被雾气包裹着，有些模糊。这种阴雨天气总会莫名其妙地给人一种忧伤之感，看着雅安的天空落下的那细如发丝的绵绵细雨，油然而生了一缕惆怅。

为什么？就是为了雨吗？我知道不是。

这次远足，是带着困惑出门的。

家中突发变故需要我长时间离开公司，这假实在没法请，只能辞职。而公司目前同样离不开我，何况自己也放不下身边那些熟悉的已十几年的人和事，一时陷入困惑，无法解脱。

所谓解脱，先解心结，方能摆脱。

　　雅安除了星罗棋布的茶园外，居然有成片的油菜花，正值灿烂季节，心情也随之灿烂了些许。随手搭了路边一辆三轮车，再换乘私人小巴士到了山脚下。

　　网上预订的房间在半山腰，要走1公里的山路，茶树相伴的山径，走着已是件明畅的事了。

　　妻预订的小木屋有个雅致的名字——"茗源嫣坡"，茗茶的源头，姹紫嫣红的半坡。

　　千万别以为我的妻是个只会小资情调的小女人，她曾为我吃了很多年的苦。她让我明白：只有经历过痛楚的感情，才可能沉厚而长久。我由衷地感激她，她满足了我从小到大对妻子所有的想象。

　　我是个有着浓厚历史情结的人。"蒙顶"，看着就充满遥远历史感的两个字，尤其是"蒙"，看到这个字，总会莫名其妙地想到秦朝的大将军蒙恬，想到秦始皇兵马俑那一张张棱角分明的冷峻的脸，还有那个时代的战车、刀戟和武士的发簪。

山间茶园的闲亭好似属于我一个人，喝的好似天边的茶。

"扬子江中水，蒙山顶上茶。"烟雾缭绕、云霞满天的蒙顶出产很多名茶，其中蒙顶甘露、蒙顶黄芽最为出名。

蒙顶甘露为绿茶极品，蒙顶黄芽为黄茶珍品。绿茶倒无妨，黄茶很小众，口感也很特别。

信步来到山间一家规模不大的茶厂，里面正在制茶。捏了几片刚出的蒙顶黄芽咀嚼，因是今年的头春新茶，清香扑鼻，口感纯正，焖味十足，清醇无比。后来得知，这家茶厂的老板姓蒋，中华人民共和国成立前从福建搬来此处，家中已有几代制茶的历史。

每次到了茶的原产地，尤其到了当地的茶厂，定要带一些回去。带回去的不仅是茶，更是那香浓醇厚的回忆。

感谢茶，因为有了茶，让我从一个只知道奔跑而不知道累的人，变成了一个会享受天伦之乐的人，会触摸自己的内心的人，会与自己心灵对话的人。

老板告诉我，吃茶树长大的鸡有种独特的味道。真的吗？今晚挑一只尝尝。

入夜了，稍有些凛冽。很多地方都是白昼有多喧闹，黑夜便有多清冷。就像人生，你曾经有多飞扬，以后就有多寥落。蒙顶山却不是，白昼清冷，黑夜依然清冷，因我来对了季节。蒙顶山是夏季消暑的佳境，现在是料峭的初春，自然没了人，但恰好时机对了。因为我就喜欢这清冷。

世间万事万物，到底什么是错？什么是对？

合己心意者，自然就是对的。

雨又不请自来了，把蒙顶下成了一幅昏暗、斑驳的油画。

空灵的雨声总是更显寂静。伴着此起彼伏的雨打树叶的噼啪声，清冷的茶园之夜静得能清晰听到自己的心跳声："嘭、嘭……"伸手好像能触摸到自己的心灵，与内心的自己来一次无我与忘我的对语。

人，穷尽一生的时光都在做着同一件事，寻找答案——生命的答案。却发现，经常越找越迷失自己。其实这个答案就藏在自己心灵的最深处，藏得很深，只能用自己才听得到的心语唤醒："我到底要什么？我要的是亲人相伴的宁静与心安。"这是我的初心，最本源、最真实的声音。

清早，被叽叽喳喳的鸟叫声唤醒了。推门走出木屋，对面树梢上几只小鸟正抖动着翅膀上淋到的雨水，彼此还不停地聊着什么，它们好安逸，我也好安逸。

回到木屋，妻与儿子也醒了，也是一对叽叽喳喳的鸟儿。

半山茶园中清粥小菜的早晨让人有种归隐山林的感觉。

离开蒙顶山，发觉自己不再困惑，我确定已有答案。

犹豫不决，是一个异常疲惫的过程；一旦没了纠结，日子马上回归平静与轻松！

37. 上里古镇情未了的茶

　　上里，进入四川雅安的必经之地，是一个依山傍水，细流潺潺的悠然之所在。因处遥远偏僻的大西南山区，名气不大，交通不便，故，得以保留了很多明清时代的木制老民居。这些老民居古朴的乡土气息纯正浓郁，不像其他很多地方那些所谓的古建筑都是后来重建的，虽精美却总觉缺了几分古韵。

　　韵，是一种气质，一种意味，一种感觉，一种格调；韵是与生俱来的一种情致，无法描绘，无法复制。

　　上里，有五大家族：杨家的顶子（官宦）、韩家的银子、陈家的谷子、张家的碇子（习武）、许家的女子。

　　张姓之人自古就是英武好胜之雄，近在咫尺的《康定情歌》里不也夸过"张家溜溜的大哥"嘛。许家的女子真的很漂亮吗？我回忆着认识的四川许姓的女子，好像的确如此。是不是很多都出自上里？不过如此秀美之地自然会滋养出秀美之人。

中国寻茶之旅

　　山水掩映的田园之风，让人感觉时光好像在倒流，仿佛穿越到了不知道哪朝哪代。踩着鹅卵石铺成的小路，来到了清代的古石桥边。

　　传说中的"二仙桥"，倒影成趣，的确有着几分仙气。

　　上里，不仅有仙气，还有鬼气。据说，《聊斋》中的很多故事就发生在这里。

　　《聊斋》有很多感神泣鬼的爱情故事，像经典的《倩女幽魂》被张国荣与王祖贤演绎得家喻户晓。我却喜欢《小翠》。

　　为了感谢当年雷劫之中的救命之恩，狐仙便以5年为期，将女儿小翠嫁给恩人的傻儿子元丰。婚后两人每日嬉笑玩耍，好不自在，小翠还帮助恩人一家渡过了很多劫难。

　　尽管恩人一家百般阻拦，小翠还是将元丰放入瓮中热煮，使用法力治好了元丰的傻病，让他重生成了英俊潇洒的书生。但受了很多委屈与猜忌的小翠却不得已离开了恩爱的丈夫。

　　元丰四处寻找，终于找到了爱妻，但已物是人非。

　　无限伤感的元丰听了小翠的话重新娶妻，新婚之夜，揭开盖头，却发现新娘正是朝思暮想的小翠，元丰欣喜不已。原来，小翠为解元丰的相思之苦，已托身于人。

　　看着如愿以偿的元丰，狐仙小翠飘然而去。

　　为什么《聊斋》里的鬼都那般知恩图报，善良多情？

　　难道爱真的能"月缺重圆"？难道那"仙人之情"真的是"更深于流俗"？

　　记得看这个故事翻拍的电影《精变》时，我还是翩翩少年，被魏慧丽扮演的狐仙小翠惊艳得心漾神离，惊叹竟有如此美丽而多情的妖精，正是"小翠"让我第一次体会到了情之所至。

其实，不止《聊斋》，山姆与莫莉演绎的《人鬼情未了》同样告诉世人，无论是人还是鬼，爱都是最美好的情感，即使阴阳两端，依然能感受彼此的温暖与存在，爱未终，情未了。

终于明白，有多少人愿意守着回忆中的爱独自度过一生，不是因为放不下，而是他们相信，如此美好的爱不可能在生命中出现第二次。

这般淙淙溪流旁，最适宜品茶。

雅安，古代生活的是游牧民族——羌人。今天的雅安，依然遵循着传统少数民族的饮茶习俗，日常所饮之茶为藏茶。

雅安是藏茶的发源地。雅安的藏茶，属典型的黑茶，古称乌茶，成茶乌褐油亮，茶汤透红，有着一股特殊的陈香，属于全发酵茶，前期渥堆发酵，后期自然陈化。

雅安藏茶据说起源于文成公主入藏，距今已有1000多年，被称为中国最古老的茶。

雅安藏茶的制茶工艺传自古代原始制茶之法。首先，采茶就与中国的传统采摘方式不同，以小刀采"割"，割3～4厘米鲜叶，然后经过蒸、揉、发酵、干燥等程序制作而成。

《牡丹亭》的作者，明代文学家汤显祖曾赞美雅安藏茶："黑茶一何美，羌马一何殊。"

雅安藏茶，实属中国茶世界中的一朵奇葩。

品茶之余，仍感慨着上里那人鬼情未了的故事。就像茶，千百年来不也一直演绎着无数或感人肺腑，或催人泪下的至情至性、至真至美的故事吗？

澄怀方能味象。

茶，原本只是平凡的树叶，如果没有曾经的慧眼与禅心，没有"情"与"感"的催化与呵护，只会悄无声息地回归尘土，从哪里来，再回到哪里去，完成它的生命轮回而不留一丝曾经存在的痕迹。但冥冥之中偏偏就遇到了最具丰富内心情感的世间精灵——人，于是，茶在不知不觉中被赋予了特殊的内涵，自然而然地为人类营造了一种明心见性的生活方式。

这便是茶的魅力。

河边，一只灰色的小狗自娱自乐地玩耍着，一会儿高高地跃起，一会儿回头舔舔自己的尾巴，最后竟跳入了河中戏鱼。待它跑上岸，正抖着身上的水，突然怔怔地看着前方，然后轻轻地吠了两声。

顺着小狗目光的方向看去，什么都没有，只有沙沙的风吹树叶声，隐隐约约，却又好像有什么……莫不是小翠？

38. 重庆江畔忘却时间的茶

　　由于工作的原因，重庆每年都会来好几回，但每次停留的时间都很短。这次原本也一样，可这次却不想马上离开。

　　为什么？就是想赖几天。

　　重庆，我最喜欢赖在江边的感觉。嘉陵江畔这似乎穿越到民国的烟雨之味，让人片刻便忘了自己是谁。守着江畔品茶，让人自然就品到了民国的味道，茶中有点淡淡的哀伤与忧郁，好似对面正倚坐着一位微低着眉，身着素雅旗袍的民国女子，仿佛能听得到她一声轻轻的叹息。

　　等到了华灯初上之时，洪崖洞虽有些喧闹，但你如能独守心宁，一瓯清茶，一丝江风也能找得到那份恬淡。

　　如果此时，同样爱茶的妻能在身边，那亭、那阁、那茶、那人、那情、那一幕，就真的是一幅灰白色调的民国画卷了。妻为北方女子，没有太多妩媚风姿，但也自有她的清秀怡人，最难得的是与我一样爱茶。每日得空便与我对坐茶桌，听我将茶的故事娓娓道来，这互享的雅趣实在让人留恋。

　　喝茶，有时最美的不是茶，而是陪你喝茶的那个人。女子，一生之中让你动心的很多，让你安心的却很难得。

　　相爱的两个人，可彼此凝视，也可共同眺望远方；不管是深情对视，我的眼中只有你，还是放眼远方，携手前行，获得幸福最重要的一点，是方向一致。

　　江水之畔还有个特别的节目，渔船上吃鱼、喝酒、品茶。

　　首先你要走过一块连接船舷与岸边的摇摇晃晃的窄木板。待你坐定了身形，江风、鲜鱼、美酒、清茶，惬意至极，船虽不入江中，仍泊在江边，但随着船身微微地荡漾，还是觉得心已荡起了双桨。不过这种节目盛夏时节最好不要上演，那江水甚是燥热难耐。如遇到雨天，则一定要来，让渔家上了船篷，篷下静听着噼噼啪啪的雨落江中的声音，虽无荷，茶尤清，便全然忘了凡尘。

　　渔船之上，茶可以肆无忌惮地饮，酒却一定要适可而止，如果醉了，离船上岸踏过木板时非跌到江里不可。

　　在重庆，不管是老街、新巷，还是繁华闹市、僻静之所，处处皆是茶馆。重庆人对茶馆的精神依赖历史悠久，可追溯到明清时代，今天的重庆人进了茶馆通常还是一"泡"一整天。这着实让我有些"愤愤不平"，因这种生活对于我而言是极度奢侈的，对于重庆人而言，却是他们信手拈来的随心之举。

　　到重庆体验茶生活，重庆茶馆是不错的选择。

　　重庆的很多茶馆不像其他地方的茶楼装修得富丽堂皇，清新高雅，而是比较直接、简单，甚至称得上简陋，街角随便扔上几把木椅、一张方桌，无"馆"也称茶馆。

　　茶馆里跑堂的被称为"茶博士"，一把长嘴铜壶耍得游刃有余，那令人禁不住击节叹赏的流畅与精准让我想起小时候的一篇课文《卖油翁》，"我亦无他，唯手熟耳"。

　　重庆的茶客不像江南的茶客那样斯文。躺着、倚着，大声吆喝，可谓肆无忌惮，浑然忘我。重庆茶馆喝的不仅是茶，更是重庆独特的码头味道，逍遥自在，昂然自若！

　　重庆有很多老茶馆，其中，交通茶馆颇具代表性。

　　来来回回在黄桷坪找了三四趟，最后还是路边的保洁大爷把我带到了这里。交通茶馆虽然名气很大但临街并没有招牌，还需穿行几米昏暗的胡同才看得到门脸儿。真不知拍《疯狂的石头》时，宁浩是怎么找到这里的！

老板娘很和气，我试着问了句："这里能抽烟吗？"

"哪有茶馆不能抽烟的！"她用重庆人特有的耿直与爽快回了我一句，便径自忙碌去了。这回应真的好"巴适"！

好吧！一碗6元钱的竹叶青和一包烟，上飞机前的两个小时就交给交通茶馆了。其实，一个人的成长是越来越看重结果，而成熟却是越来越享受过程。这个过程无须刻意去取悦于谁，我的世界，就是我的，与他人无关。

茶馆里没有几盏灯在照明，主要靠着屋顶通风的窗棂透些不多的光线；磨得油亮的木桌椅是重庆随处可见的城市标志，普通得不能再普通的大铁壶、茶具……一切就好似穿越了时空的隧道，回到了20世纪六七十年代农村的老家老户。

茶馆里三教九流皆有。有的在下棋、打扑克，有的在唱川戏、唱歌，有的在画画，有的在嗑瓜子、吃花生、吃豆花、吃担担面，更有的围成一大圈儿，大声地摆着龙门阵，有的干脆就一声不吭地抽烟。真的是人间百态。

这茶馆简直是重庆的微缩版，传统与现代、世俗与高雅、粗犷与细腻、孔武与温柔，世间所有的元素都混杂在了一起，但混得那么和谐，那么融洽。

据说，这茶馆是近 30 年前由一家老职工澡堂演变而来的。实在无法想象这样一个老茶馆怎可能在沧桑巨变的时代潮流下原汁原味地完整保留下来，而且不是刻意地保护与留存，而是自然而然地走到今天，难道是不经意地遗落？不管因为何故，对于重庆这样一个大都市而言，简直就是一个奇迹！

这种颇具沧桑感的老茶馆已存世不多了。相信终有一天，这些不可能再被复制的过去都将彻底消失在这个世界上。但没关系，它们已经深藏在了我们的心底，悄然安放着，成了我们生命里不会被轻易打扰，并异常珍贵的一部分。

总感觉自己始终在赶时间。这会儿独自散坐在长条凳上，慵慵懒懒，才发现忘却时间才是最惬意的事，学会忘却实在是生命中的一种智慧，今天的我，真的比以往的我要快乐很多。突然间明白，生活的色彩源于心情的不同，而心情，有时需要一些外部媒介来帮我们调节，茶馆或许就是最恰当、最适合我的道具，尤其是这种有着鲜明时代感的老茶馆。

忘却就是一种放下。放下很多原本认为生活中无比重要，其实却是完全不必要的一些东西，静静地去关注自己，爱自己。正所谓"心小事儿就大，心大事儿自然就小"。

爱自己，就是不必强迫自己听从所谓的苦口良言，不勉强自己成为所谓的尽善尽美之人，坦然地接受本真的自己。我们在尘世间就是短暂地走了一段，然后离开，没必要刻意地为难自己，但有必要让自己刻意地快乐。

　　饿了，来上一碗这种土泥碗盛着的 5 元钱的豆花儿，味道实在地道！不用假模假样地端着自己。

　　曾一度不怎么喜欢重庆，总觉得这个城市自身的特点太过鲜明，因此融合度不高，尤其是市侩、粗犷的码头文化总让人心生些许别扭。今天却发现，重庆根本就是个保留了许多原始年代感的城市，很容易勾起你的追忆，这也是一种风情。

　　重庆还有很多难以割舍的风情，最突出的恐怕就是那秀丽泼辣的重庆女子，就像这婉转而奔放的山城，虽然很烈、很辣，但烈得忠贞，辣得炽热。

39. 永川茶山竹海苦中带甜的茶

重庆的茶，我了解得并不多，不过，很喜欢永川秀芽。
茶如其名，真的"秀"，干茶纤细如针，冲泡鲜爽清香。

昨晚在重庆与两知己小酌，男人间推杯换盏，海阔天空，
不经意就神侃到了夜里3点多，还有些醉了。

早晨听到闹钟，挣扎了很久，但最终还是没爬起来，误了
昨天订好的9点多去永川的高铁。醒来，后悔万分，一个劲儿
地责怪自己为什么没有坚持一下。因为明天中午我将搭乘飞机
离开重庆，原计划今天要去永川的茶山竹海寻茶。

不行！一想到漫山遍野的茶香，便按捺不住了，拿出手机
上网一查，11：23还有一班。像弹簧一般从床上跳起来，顾不
上洗漱，穿上衣服，收拾好东西，我就冲出了酒店。

出租车就要到重庆北站了。为什么今天的旅行包这么轻？
我有些奇怪。糟糕！我把笔记本电脑落在酒店了。我的电脑是
白色的，昨晚躺在床上用完后随手扔在了床头，酒店被子也是
白色的，刚才出门时走得急，没发现。

赶紧给重庆的哥们儿打电话去酒店找。

等哥们儿冒着大雨气喘吁吁冲到车站时，那班高铁已开走
了。难道是天注定不让我去永川吗？我还不信这个邪了！

又订了 13：08 的一班。

永川距离重庆主城区很近，高铁只用半个小时就到了。下了动车，打了一辆车就往茶山竹海赶。实在有些奇怪，为什么全国那么多的高铁站就只有"黑车"而没有正规运营的出租车？80 元就 80 元，顾不上那么多了。

盘山而上的路非常窄，又下着雨，路上几乎没有什么人，心里不禁有些不安。赶到景区大门口，有点蒙了。今天下大雨山上路滑，漫山云雾能见度也差，景区的区间车停运了。

据说从这里到茶海天街有 10 公里路程，从早晨到现在我一口饭都没顾得上吃，面对着雨中竹林间的这条路，最终还是一咬牙，出发！

第一站，我到了电影《卧虎藏龙》的外景地。

空落落的没有一个人，心里不免有点紧张，不知道会突然冒出什么东西。远处密林中好像还有些影子在隐约晃动。

没想到竹林深处藏着的是这三位大侠的雕像。

　　走到最后，我在一片茂密的竹林中迷路了。

　　不远处竹林里突然溜达出了一只不知道是狗还是狼的动物。四下空无一人，只有噼噼啪啪的雨声，我的头发都竖起来了。我慢慢地一步步往后退着，那只东西朝我一步步慢慢地走来。我又不敢跑，就只能这样一步步退着，彼此对视着。

　　茶仙保佑，最后，它终于停下了脚步，我赶紧落荒而逃。

都说这里是国内有名的茶园，的确壮观！但今天它们都在云雾中藏匿起来，只能隐约地体会了。还有永川秀芽，在雨中果然是翠绿欲滴。一株株茶树就像沐浴后的少女般清新脱俗，淡雅圣洁，叶上灵动着的晶莹通透的雨珠如同雨中少女发梢上摇摇欲坠的雨滴。

漫山遍野一片清香，说不清到底是茶香还是竹香。

浑身淋透、饥肠辘辘的我连滚带爬地回到宾馆时，天已经黑透了。寻茶，未必每次都与浪漫相伴，有时还要吃很多苦。

人生到底是苦是甜？

这个问题也真实地映射了人性的矛盾。就像每个人都渴望得到他人的关爱，但也烦恼他人的打扰；就像我既想独享茶山的清宁，又害怕小狗的利爪尖牙；就像每个人都体会过幸福的从天而降，同样也逃不开痛苦的如影随形。

其实人生哪有完美无憾的拥有，既想赏春花，又想望秋月，太贪心了吧？

我们端起面前的茶，同一盏茶，多少人去品便会有多少种滋味；同一盏茶，不同的心境去品也会有苦有甜。五味杂陈，个中滋味，全在一个"品"字。

正所谓"茶即心，心即茶"。

茶如人生，你说人生是苦是甜？

40. 涂山寺廊下静**默**的茶

　　我发现自己越来越喜欢沉默的感觉。这沉默绝不是懦弱，不是妥协，也不是随遇而安，不是风轻云淡，而是把自己放在一个纯粹安静的角度去看熙熙攘攘的世界，这样看得更通透，更彻底，然后发现很多人、很多事原来并没有自己想象的那么重要。从此也就不再费心费力去读懂这大千世界里那么多复杂的人和事，而只需要读懂自己，读后莞尔一笑。

　　再投机的话多说也无益，而不投机的话则半句也多。或许只有佛门净土才是唯一无需语言，只用沉默就能度日的所在。我喜欢寺庙，不是因为礼佛，而是喜欢寺庙那"默"的感觉。

　　涂山寺，便是我常去的地方。

　　涂山，山势陡直，古树参天，沟壑幽深，风清月朗。而那山巅之上的古寺，质朴恬静，沉寂安详。"野径行无伴，僧房宿有期。涂山来去熟，唯是马蹄知。"

　　天刚蒙蒙亮，我便赶到了涂山寺，因为我最喜欢寺庙里的暮鼓晨钟。"万籁此都寂，但余钟磬音。"来晚了就听不到了。

　　"咣——咣——咣——"庄重的钟鼓之声传得非常远，似乎传遍了整个真武山，然后又久久地回荡在山林之间，不绝于耳，很肃穆、很空灵的感觉，整个人不禁肃然起敬，连魂魄似乎都通透、清明了几分。

　　到涂山寺定要敬香，焚香是让自己心底纯净的重要方式。

　　凡人只能通过香火与神灵诉说心中祈愿。不必启齿，旁人也无从而知，只有神灵才能听得到你的心语。我没有什么特别的愿望，也不与神灵交流什么，因我自知六根不净，只想静静看着袅袅青烟，还有流着泪的烛火。每当此时，看着一跳一跳的烛火，心便能静下来，就会觉得这个世界一切都是空灵的。如《金刚经》所言："凡所有相，皆是虚妄，一切有为法，如梦幻泡影，如露亦如电，当作如是观。"

　　每个人都会有灵魂的死角，别人进不去，自己也出不来。当你觉得自己已进入了这个死角，不要奋力挣脱，那样做只会越挣越紧，此时唯有沉默，静静地沉默，让那无形的枷锁自己慢慢地松开，然后平静地走出去。

　　已近中午，先用斋饭。

　　僧人食素其实并不是佛教最初时的清规戒律。

　　释迦牟尼佛在世之时，僧人都是靠化缘来解决口腹之需，如化得"三戒肉"也是可以食用的。"三戒肉"，即眼不见杀、耳不闻杀、不为己杀之肉。这规矩一直沿用到了南北朝时期，僧人才被要求永断酒肉。

　　无论去哪里的寺庙，只要可以我都会尝尝斋饭。知道今天要来涂山寺，所以昨晚就特意没有吃油腻的东西，早晨也特意没有吃饭，不仅是想对佛门圣地表达敬意，还想用彻底的清茶淡饭进行一次难得的修身养性。

　　涂山寺的斋堂在大雄宝殿后一幢独立的厅堂内，很宽敞，可以同时容纳很多"斋友"，但今天，斋友似乎不多。

用斋饭须自己取碗筷，斋堂右侧的一个大柜子里装着碗，旁边的大筲箕里放着筷子，自己拿了碗筷后便到发斋饭的窗口向煮饭僧人打取斋饭。至于吃得多少，完全随你自己。

斋堂里那些秀色可餐的"红烧肉""宫爆肉丁"等色香味俱全的菜品，全是用笋干、豆腐、茄子、冬瓜、土豆片做成，经菜油、豆油、豆瓣、盐调配和精心制作后，可以假乱真，口感出乎意料之好。此外，斋饭讲求营养药理搭配，就是所谓的食疗，不仅注重口感，而且有益健康。

用斋饭一定要不慌不忙，不能狼吞虎咽。用完斋饭，一定要清理自己使用过的桌面，清洗自己用过的碗筷，洗净后分别放回碗柜与筲箕里。

用完斋饭，才是今天到涂山寺的主题——吃茶。

殿前一条安静的廊道，便是涂山寺吃茶的所在了。

涂山寺提供的茶很简单，只有绿茶与花茶。

平日里我是个不拘小节的人，但唯有一件事绝不将就，就是喝茶。无论走到哪里我都是自带茶叶、茶具。今天，我特意带了重庆的巴南银针。

重庆产茶的历史非常悠久，除了著名的沱茶之外，像永川秀芽、巴南银针等都是品质非常好的绿茶。而且，在这种云雾缭绕的佛门仙山，似乎也只有绿茶最恰如其分。

用沉默而不是沉思来彻底放空自己，然后盘腿而坐，微阖双目，慢享阳光，寻找空气中飘荡着的一缕缕茶香，然后灌上满满一腹的茶，是我最好的修复方式。

正闭目静坐，旁边飘来了一句浓厚重庆口音的中年男声："人生哪能多如意，万事只求半称心。"我睁开眼，转过身，一个中等身材，有些微胖的僧人正一步步踱去。

"行到水穷处，坐看云起时。"宁静之源不在佛门，也不在原野，不在山水，也不在苍穹，而在自己的内心。

入夜后的涂山寺让我体会到了李商隐《北青萝》表达的感受。

"残阳西入崦，茅屋访孤僧。落叶人何在，寒云路几层。独敲初夜磬，闲倚一枝藤。世界微尘里，吾宁爱与憎。"

涂山寺吃茶，就是想让自己能沉默下来，正如佛家所讲："不可说"。大悲无泪，大悟无言，大笑无声。

沉默，能给飘荡的灵魂依靠，让轻狂的情绪沉淀，让自己的情感更加静谧，灵魂更加清澈；让自己口无一语，心中却能盛下一片海。这是一个自我救赎的过程。

海明威说过："我们花了两年学会说话，却要花上六十年来学会闭嘴。"

沉默是一种成熟的力量，学会沉默是一种成熟的智慧。

41. 三峡心**随**风动的茶

几近 50 岁是男人一生之中压力最大的阶段，虽有了一定的社会认可，有了一定的经济基础，却也是父母最需要关照，妻子最需要关爱，孩子最需要关注的时期。这时的男人从表面看似乎有着闲庭信步的气度与看破红尘的境界，实际上不过是伪装自己的手段更加高明些罢了。

我所认识的知天命的男人大多并不想认天命。虽不再需要像年轻时那般身心疲惫地全力拼杀，仍心存诸多的不舍与不甘，仍想逆流而上，仍想不被那步步紧逼的时代潮流就此淹没。故，似乎比年轻人更累，因为即使想歇了，却也无法像年轻时那样干干净净地放下所有哪怕片刻，畅快淋漓地欢喜哪怕一回。

有时偶尔真的闲下来，马上就会涌出一种无所事事的空虚，感觉精神被掏空一般，只剩下一副空落落的躯壳在随风孤独地飘荡与摇曳。原来，自己在不知不觉之中已不会闲了。

不会闲，其实就是不会爱自己。连自己都不会爱，怎可能会爱别人？连爱自己的能力都已丧失，哪里还有能力爱他人？

这种爱不是只提供金钱，然后只剩下一个字：忙。是用心对待。用心说好每一句话，用心做一顿可口的晚餐，用心牵着他们的手走一走，用心看看他们睡着的样子，用心拥抱他们，温暖他们。这些生活中的爱，似乎已变得好远。

知天命的男人虽有几分暮气，但也有一个长处，及时自省。必须给自己的心放个小长假。至于其他，暂时都随他去吧。

我要闭关了。个人认为，所谓社会人闭关的理想所在之一，就是江河湖海，何况"不破参，不住山"。

"三峡"，看着就会让人心生深远悠长感觉的两个字，希望自己的心也能随之深远起来。起航！我问自己，为什么沉溺于旅途，因为只有在旅途中的我才能完全放下所有的戒备之心，包括对自己的戒备，我迷恋这种纯粹与完全。

带着心爱的茶壶，晚上7点在重庆朝天门码头上了邮轮。倚着甲板护栏，听着江水的波涛声真的能让人从容与宁静。长吸了一口气，开始进入"克期取证"的闭关。

闭关的四关，首先是"风"关。客观地说我这是"护关"。

现在的邮轮，简直就是个五星级宾馆，大多标准间都配有独立的甲板阳台，虽不大，但清茶一杯，夜下独饮，几许江风，闲赏月色，"万窍洒洒生清风"足矣。

士不可三日无酒，君不可一日无茶。茶，对于茶人而言，无贵无贱，喜欢就好。

不同类型、不同产地的茶，滋味也各不相同，有的醇厚，有的清淡，有的苦涩，有的甘甜，个中滋味，只有茶人自知。只要你觉得上口，就是好茶，茶无上品，适者为珍。

茶的滋味是茶人心境的映射。伤心、暴躁、愤怒、不安时喝茶，口中只有干枝朽叶的苦涩；平和、宁静、愉悦、舒畅时品茶，心中就有虚怀空灵的芬芳。因为茶是有灵性的，忧伤时，茶味苦涩；欣喜时，茶变浓烈；平静时，茶便清淡；而憧憬时，茶则会带你进入梦幻般的世界。

饮茶修的是禅心。茶入水中，犹如开启人生旅程，由淡薄快速变得浓烈，然后再慢慢走向清淡，最后如一捧清水，虽已无味，但也清宁。这便是"喘"字关与"气"字关的舒通过程。通了气息，达到宁静平和，轻松悠远。

三峡也有茶，三峡主要产绿茶，丝绵茶。

三峡之茶产在迷人的大巴山脉和西陵峡两岸。九畹丝绵茶产于秭归九畹溪，银丝万缕，银光夺目，清香鲜爽，回味绵长。

乾隆年间，秭归九畹溪贤人李高永因贤达被乾隆帝召见，恩赐"登仕郎"。李高永感念皇恩，献当地好茶于皇上，乾隆赐名"丝绵茶"。

巍峨的夔门，江中一叶小舟，逝者如斯夫。

突觉人生必须学会的是放下。那些所谓失去的东西，其实从未真正地属于过你，不必惋惜，更不必去索讨。静心品茗，洗去铅华，明天会如约而至，茶还是那么清香，山还是么恬静。

9年前，曾来过三峡，今天看起来依旧是原来的山，过去的水，曾经的峡。多少凡体都已随岁月而凋零，化土，为尘，成烟……"尔曹身与名俱灭，不废江河万古流。"

"滚滚长江东逝水，浪花淘尽英雄……"我不是什么千古风流人物，青山依旧在，但我怎么可能与天地同荒同老，死去固然无所道，又何以能托体同山阿。面对长江，自我的渺小让人醒悟，岁月，最是意味深长，它将无情地带走所有要离开的，所有值得留下的也必然会留下。

迎来日出，送走晚霞的神女峰多么孤独！

"曾经沧海难为水，除却巫山不是云。"这种情感世人趋之若鹜，值得一生珍惜。但若持此执念面对天下万事万物，如何过得了"息"字关？倒不如心随风动，身与云闲。

丰子恺说过这样一段话："你若爱，生活哪里都可爱。你若恨，生活哪里都可恨。你若感恩，处处可感恩。你若成长，事事可成长。不是世界选择了你，是你选择了这个世界。既然无处可躲，不如傻乐。"

美好的时光总是太短，不想面对的总得面对，这就是真实的人生。生命不一定完美，但并不影响生命本身的美，这就是生命的真相。

总说快乐的人最大的特点是不畏未来，想做到不畏未来，最好的方法就是活在当下，珍惜现在。因为世间万事万物皆有失而复得的可能，唯有一物不可，就是每个人的下辈子。

"两岸猿声啼不住，轻舟已过万重山。"

还是抓紧时间傻乐吧！

智慧的人生不仅需要创造快乐，更重要的是让自己停留在快乐之中。

42. 易武古茶山彼此信任的茶

"不羡黄金罍，不羡白玉杯，不羡朝入省，不羡暮登台；唯羡西江水，曾向竟陵城下来。"

多年向往茶圣陆羽心无羁绊，羽衣野服，驻马采茶，遇泉品水的生活。出于对"北苦南涩、东柔西刚"云南普洱的情有独钟，决定如茶仙般亲身探寻西双版纳澜沧江畔的古茶山——易武。

云南西双版纳境内的六大古茶山，从清代开始就是普洱茶的重要产区。乾隆年间的《滇海虞衡志》中这样记载："普茶名重于天下，出普洱所属六茶山，一曰攸乐、二曰革登、三曰倚邦、四曰莽枝、五曰蛮砖、六曰慢撒，周八百里。"其中，慢撒就是易武的（慢撒）茶山。

先到昆明，再转飞景洪。

景洪，傣语"黎明之城"，西双版纳傣族自治州的首府。一直以为"版纳"是地名，这次才知道，"版纳"是行政区划的名称，相当于现在的"县"。

到达景洪时，已是晚上 10 点。换上舒服的短裤直奔江边，热闹的夜市上到处都是云南的特产，烧烤，场面甚为壮观。

贯穿云南，流经景洪的"东方多瑙河"澜沧江，是我梦中来过很多回的地方，与梦里的情景一模一样。

易武，意为"美女蛇居住的地方"，听起来有些魅惑！

易武，早在千年前就有古濮人种植茶树。明末清初，诞生了许多知名茶庄，车顺号、同兴号、同庆号，这些名号迄今仍受到茶人的顶礼膜拜。

到了易武才知道，这里只是个小镇，没什么高星级酒店，经路人推荐住在了镇上一家颇有些味道的客栈，质朴、清净、宽敞、整洁，这种清静之所，在现在的城市里已很难遇到。

由于今年的春茶期刚过，客栈住宿的客人很少，茶叶商铺只有一家开着门，门口一个女孩儿与一位老者正分拣着黄片，我有些贸然地过去打听如何去易武古茶山。

尽管已经明示我非茶商，女孩儿仍然落落大方地邀请我品茶。这是个典型的湘西妹子，清新、清秀、清爽、清灵，尤其一颦一笑间流露出的温柔婉约很让人着迷。聊天中得知，她叫小蓉，与丈夫从湖南来易武经营茶叶已逾三年。

小蓉的丈夫不在家，去麻黑寨收鲜叶了，小蓉便自己开车带我去她家的茶厂参观茶叶的加工过程。一路都是山路，小蓉明显不是开车的熟手，每次遇到会车都停到路边等对方过去才继续前行，非常谨慎，何况开的还是一辆大皮卡。

一贯大男子主义的我自告奋勇担任了司机。

出了茶厂，小蓉指引着方向，我来开车，前往深山之中的落水洞古茶山。

一路上小蓉随和健谈，尤其一口婉转清亮的湖南腔，特别受用。美景、美茶、美人相伴，这真是一次曼妙的寻茶之旅。

心里有个困惑，隐忍了半天，还是不禁问小蓉："你和一个素昧平生的男人进这样的原始茶山，难道不害怕吗？"

"为什么要害怕？爱茶的人不会是坏人。"小蓉特别肯定地回答我，笑容灿烂如花。

听到这样一句回答颇感意外，想了想，又感欣慰与释怀。小蓉说得没错，这种因茶偶遇后心无芥蒂、通透纯净的信任，正是茶独具的神奇魅力。顿觉小蓉不是初次遇见的生命过客，而是好久不见的家中小妹，好亲切。

人们总误以为自己在别人的眼里是被防备、排斥的，其实是因为自己对这个世界充满紧张的敌意，始终瞪着戒备的眼睛，紧握着手中的武器，于是，真的就一步步走到了所谓的世界的边缘。有时偶一回头，却发现一直以为无比凶险的身后还有无垠的旷野与灿烂的阳光；放眼远方，路还很远、很长。

人生，实在应该珍惜每一次弥足珍贵的相遇。

一直只觉得小蓉的眼睛清澈如水，这时才发觉她的眼睛里还有山长地远。

回到易武镇，小蓉看我已有倦意，顾不上自己休息就马上招呼我喝茶解乏，真是个温柔体贴的潇湘妹子！

晚上，小蓉亲自做了湖南菜邀我去家里吃饭。开始，我还假装着一再坚决推辞，最后还是去了，其实心里巴不得呢！

晚饭后，我们一起到易武老街散步。

易武是茶马古道的起点，故，普洱茶被称为马背上驮出来的茶。走在"马帮贡茶万里行纪念碑"旁那深邃的石板路上，仿佛能看得到彪悍的马帮男人们那黝黑的脊梁与油亮的汗滴，脚踩着高低不平的石板就好像回到了马蹄声声的岁月，经历着易武曾经的辉煌与沧桑，就像是喝了一壶历经岁月的老普洱。

老普洱茶是有灵性的，因为它收集了光阴与岁月，蕴藏了故事与情感，它饱满而丰盈，持重而低沉，曾经的张扬与锐利全都收成了耐心与耐性。你懂老普洱，老普洱便也懂你，就像你懂它的山高水长，它便懂你的明心见性，这便是所谓"懂"的珍贵，珍的日久弥长，贵的荡气回肠。

易武的千年茶树王

我还学着用当地特有的笋壳亲手捆扎了四饼易武茶。

傍晚回到了景洪。

第二天中午的飞机，发现竟能挤出半天的时间，立刻决定去一趟距离景洪市最近的古茶山——攸乐。

攸乐，基诺族过去的称谓。攸乐茶山是六大古茶山中现存最大的古树茶产区，存留了很多几百年的古茶树。现今攸乐山古茶树最多的村寨当属龙帕。

龙帕古茶香气高亮，茶性较烈。

在攸乐还遇到了一款特别的茶——月光白。

据说，这月光白是专门在皎洁的月光下采摘茶树的嫩叶，然后在月光下阴晾制作而成，整个过程不能见一丁点儿阳光，极具阴柔之美，所以有一个曼妙的名字——月光美人。

这月光白也被称为最适合向爱人表白的茶。

月光下，呷一口清甜的月光白，然后向身边最心爱的女人深情地轻吟一句："今晚的月色真美。"那时那刻，便是最美、最无法抗拒的表白了。

所有的茶，似乎都与情有着不解之缘。

千里迢迢地回到了家，却怎么都舍不得拆开我亲手用笋壳捆扎成的茶饼。

　　犹豫多日，最终还是像保存一件传世之宝一般，把这彩云之南、密林之中走来的神秘之物供奉在百宝架之上，每日嗅着茶香，忆着易武云蒸霞蔚的茶山、蜿蜒难行的小路、斑驳陆离的树影、清新可人的小蓉……然后，静静地等着我的易武普洱慢慢陈化出悠悠绵长的茶香。

　　曾以为相遇是件平常的事，后来却发现相遇的珍贵。因为生命中值得珍惜的相遇或许就那么几次，浪费一次就少一次。

　　所有美丽的相遇，都是一种偿还，在易武那些足够美丽的相遇，偿还的又是什么？我觉得是自己欠这个世界的信任。

　　总认为当今的世界，最缺的是信任，所以，最珍贵的也是信任。这样的心让自己欠了这个美丽的世界很多的债，也因此错过了太多美丽的曾经。

　　从此，我要张开双臂用我最真的心去拥抱这个世界，拥抱每一次相遇。

43. 风花雪月中让你想留下来的茶

对于"风花雪月"的感受，最初，是源于一首好听的歌——《那一场风花雪月的事》："月光与星子，玫瑰花瓣和雨丝，温柔的誓言和缠绵的诗，那些前生来世，都是动人的故事，遥远的明天，未知的未来，究竟会怎么样？"

大理，风花雪月之城。下关的风，上关的花，苍山的雪，洱海的月。原来所谓的"风花雪月"是这么来的。

"春有百花秋有月，夏有凉风冬有雪，若无闲事挂心头，便是人间好时节。"这是现在的我理解的"风花雪月"。

风花雪月之中，大理白族的"三道茶"是诠释人生的茶。

"三道茶"，头苦、二甜、三回味。

第一道，"苦茶"。先将放入茶叶的砂罐置于文火上烘焙，要不停地转动，待茶叶焙得金黄并散出香味时注入沸水熬煮。这第一道滋味浓郁、焦香扑鼻的清苦之茶，意喻人的一生首先要学会吃苦。

第二道，"甜茶"。重新焙茶、熬煮并加入红糖、桂皮等，这第二道香甜可口的甜蜜之茶，意喻人生终得苦尽甘来。

第三道，"回味茶"。焙茶、熬煮之后，将原料换成蜂蜜、米花，再加几粒花椒。这第三道五味俱全的回味茶是在告诫人生先苦后甜的道理，要时常回味、自省。

三毛也说过"三道茶"：第一道苦若生命，第二道甜若爱情，第三道淡若轻风。她说的三道茶是人之情感的三道茶。但我始终觉得情感不可能随着时间而淡漠，而是愈来愈浓。

中国近现代著名学者王国维的"人生三境界"似乎说的也是人生的"三道茶"。

"古今之成大事业、大学问者，必经三种之境界：昨夜西风凋碧树，独上高楼，望尽天涯路。此第一境也。衣带渐宽终不悔，为伊消得人憔悴。此第二境也。众里寻他千百度，蓦然回首，那人却在灯火阑珊处。此第三境也。"

在大理，不需做任何攻略，因为大理是个随时可以行走，随时可以停留，还随处可以隐匿的地方，街角、树下、海边、花丛，你随处停下脚步，便可让自己消失在尘世之中，或捧卷轻吟，或静坐发呆，或淡然浅睡，或凝视那白族少女明眸般的洱海之水，或染着沁人花香，静等着树上的花瓣悄然落在身上的感觉，或晒晒古老南诏国暖暖的阳光，仿佛千年的时光从未走远。

我却喜欢静静地看着大理的花儿，既不伺花，也不弄草，只是静静地看着。

相信每个人的心底都会藏着只有自己才知道的隐伤，这伤不会轻易示人，即使是自己也不敢轻易触碰。这隐伤可能是爱、是恨，是情、是痛。这伤若是在平日里深深地藏着倒也罢了，一旦遇到了相关的人和事，便无法阻挡地一涌而出。

微风送来的阵阵花香或能帮你缓解痛楚，帮你忘却宿怨，帮你放下悔恨，帮你不再急切地期盼，然后，就让那隐伤随着岁月渐渐地淡去，交给光阴慢慢去治愈。原来，大理落英缤纷的花儿是可以疗伤的。尤其是大理的茶花。

大理的茶花总是悄无声息地开在安静的院落中，不争艳，不喧闹，像个略有些羞涩的小女孩儿。最触动人心的却是它的凋落，不是整个花朵一下子落下来，而是一片一片的花瓣慢慢地凋零，是那样恋恋不舍，那样情谊深长。

的确不是寻常的儿女花。

夜深了，客栈四下里飘着若有若无的淡淡的花香，惹得我不忍睡去。"只恐夜深花睡去，故烧高烛照红妆。"

夜里的花儿自顾自地开着、落着；夜里的风儿也自顾自地飘着、荡着；面前的洱海似乎都让风儿吹得有了清清的花香，这一切好似为我，又好似与我无关，这便是大理独有的绝佳的相处方式，只谈风月不谈情。这种风月无边的感觉好像在别处从未有过，不过也难怪，大理本就是以风月闻名的小城。

清晨，独自在洱海边漫步。

山海之间，看到了很多年轻人正在"海誓山盟"。

不知道他们用怎样的语言在向恋人表白，那一双双年轻而炽热的眼睛里全是炽热的爱，就像一团团燃烧着的熊熊火焰。

有的情侣还被洱海的风情撩拨得忘却了一切，旁若无人地相拥热吻，整个洱海都弥漫着浪漫的风情。

相爱的人是幸福的，相信苍山之下，洱海之畔，这些相爱的人此时的每一句发自肺腑的话语，每一个深情之吻都是最真、最彻的表白，就像身边艳艳的花儿，新鲜而芳香。

山海之间的爱没有半点虚伪，但山海之间的花儿有一天会无奈凋谢，开的时候真诚而灿烂，凋谢之时，也同样真实而惨烈，如同夜空中的烟花。

每个正身处爱情里的人都会错误地以为，只要真心去爱，就可以了。不是，真的不是，除了真心，让爱走下去，还需要很多，很多。即使你肯把自己认为的最好的东西全都奉献出来，或许也不够。

大理还有勾起我酸涩甚至有些悲戚回忆的过桥米线。

曾经北漂时，北京双安商场对面就有一家过桥米线，那是当时的我最奢侈的美味佳肴，只能在过年过节的时候偶尔打一回牙祭。

记不得，多少次路过都摇摇头走了。

已经很多年过去了，只要一看到过桥米线，还会情不自禁地涌出股浓浓的酸楚之味。

中国寻茶之旅

不同的旅途会走过不同的路，付出不同的情感，遇到不同的人，发生不同的故事，这就是人在旅途的魅力。但是，到了大理，遇到大理的风花雪月，却不想继续走了。

世间总有那么一个人，让你能放下所有的成熟，只想做最真实的自己；让你一想起她，就觉得思念是人生最美的幸福。就看你有生之年是否有缘能遇到这个人，遇到了，能不能长相厮守，能不能携手白头。世间总有那么一个地方，让你不想走，让你只想一直留下来，就在那里了此余生。让你心甘情愿停下脚步，回看自己曾经走过的每一个足迹，然后，轻轻地擦去，只发出一声微微的只有自己能听得到的叹息。

大理，生命的归巢。

不得不离去了。距离大理火车站大约4公里，时间还早，决定徒步过去，用脚步感受一下大理的风花。

尽管早有心理准备，但转弯一看到大理的车站，还是一阵眩晕，心口一阵剧痛，心脏病还是犯了。坐在路边先吃了药，然后点燃一支烟深深地吸了几口，感觉好些了。我知道，这是饮鸩止渴，但也知道，这是宿命。

204

24 年了，还是这里；24 年了，依旧清晰，就连站前那排被雨棚盖住的台阶也依然如故。清晰的还有眼前的这条路，曾经一步步走过，每一步都余温尚存。

风雨故人？故人风雨？如今只剩风雨没了故人。

有些痛楚，曾以为已经淡忘，却不知早已被烙进了生命，成了永久的印记。

"沉思往事立残阳，被酒莫惊春睡重，赌书消得泼茶香。当时只道是寻常。"大理，怎可能只谈风月，不谈情？就连这石刻雕像都在无声诉说着浓浓的有些痛楚的情。

别了，大理。所有的相遇与别离都是命中注定，绝非阴差阳错。聚也罢，散也罢，莫怪天地，莫怪风月，更莫怪这风花雪月之城。

44. 罗平油菜花海孤**独**的茶

2015 年 8 月，一个人去青海湖散心。

早晨上了乌鲁木齐开往西宁的动车，无聊间随手翻看动车配的宣传杂志，正好翻到青海门源的介绍："蓝天白云，高山流水，林海草原与无边无垠的油菜花交相辉映……"

看着一幅幅气势恢宏的油菜花海插图，正禁不住赞叹着，耳边响起了播报声："各位旅客，门源站到了。"

我腾地站起来，也没细想，抓起包就跑下车。先下车再说，在车站的门口随便找个宾馆，将就睡一觉，明天去看油菜花！

只有稀疏的几个旅客下车，我跟着走出了站台。一出大门，傻眼了。眼前是黑乎乎的一片，远近四周竟没有一丁点儿灯光。

一问小站上唯一的工作人员才知道，这门源高铁站刚投入使用，别说酒店连小卖部都没有。这里距离县城有十几公里，没有任何交通工具，而且这是最晚的一班列车，车站现在就连一辆黑车都没有了。

这下没辙了！今晚得露宿街头了。

走投无路的我无可奈何地摇摇头，点了一支烟，想了半天也没有想出任何办法。

正当我无计可施之际，身后突然传来一句问询："你是要去县城吗？"

回头一看，是个与我年龄差不多的中年女子，旁边应该是她的丈夫，一边还放着个巨大的行李箱，肯定也是刚下动车。

我不好意思地简单说了我那有些荒唐的遭遇。

"门源的油菜花在 7 月中旬花期就基本结束了，现在几乎没有什么油菜花可以看了。"女子的话更让我无地自容。

"上车吧，正好我老公开车来接我，我们送你到县城。"

喜出望外的我赶紧上了车，并连连道谢。

"应该是我谢谢你。"

女子的话让我一头雾水。

"早晨在乌鲁木齐上车时，你帮我拿的箱子，不记得了？"

愣了好半天，终于想起来了。依稀记得进站时，我的前面走着一个女子，遇到了一串长长的台阶，她吃力地拉着个巨大的箱子一步一个台阶艰难地挪着。当时我也没说话，一把提起她的箱子就走上了台阶，放下箱子头也没回，也没有注意她的模样，径直便走了。

看来平时一定要多做善事，危难之际才会有好运气。

真如那女子所言，门源真的没看到油菜花海，走之前只在车站前看到一片专供游人欣赏的油菜花坛，也算是安慰吧。

这次到罗平，终于看到了油菜花。

油菜花，象征春天，春天的油菜花春意盎然。

油菜花海，一望无垠，一阵风吹过宛若随风翻滚的金色的海浪，浪涛滚滚，一浪接着一浪，一浪盖过一浪。在起起伏伏的浪尖之上是一只只翩翩起舞的蜜蜂，它们拖着圆滚滚的肚皮，嗡嗡作响，喧闹着，忙碌着，像一群群调皮的孩子。

夕阳西下，暮霭都被映衬成了金黄色。落日余晖中的油菜花海色彩斑斓，更具别样魅力。那花海慢慢与天际相融，如同油彩涂抹一般缤纷而生动。这时的油菜花海凝固成了个抽象而永恒的浓艳迷醉的画面。

这也是"海天一色"！

"春江一望微茫。辨桅樯。无限青青麦里，菜花黄。今古恨，登临泪，几斜阳。不是寄奴住处，也凄凉。"

色彩，最能左右人的心境，更何况彩云之南的色彩，更是具有涂抹心灵的神奇。

入夜了，罗平由洋溢的金黄渐变成惨烈的红褐。无边无际的旷野中，一个人形单影只，不免有些寂寥与孤独。每当独处这般空旷之地，尤其入夜，都会莫名其妙地感觉一丝孤独悄无声息地潜入。像个小贼，防不胜防。

这个叫"孤独"的小贼，常会在我疏于防范时不声不响地偷走我的心，把我折磨一番后，再蹑手蹑脚地离去，来无影，去无踪，让我无可奈何。

孤独，似乎已成了当今社会人人都恐惧的事情，于是，有太多的人都会刻意去交很多的朋友，整日里高朋满座，觥筹交错，歌舞升平，"有朋自远方来，不亦乐乎。"但到了人去楼空之际，却发觉有更加难以抵御的孤独绵绵不断地袭来，原来，狂欢之后的孤独更加深刻，更加顽强。

孤独，是很难逃得开的心结，每个人都会时常感到孤独，即使像沈从文笔下狮子般的龙朱不也是如此吗？因此而陷入无助与痛苦。等回到了人前，却又强迫自己做出一份坚强甚至高傲的模样。但也只有自己知道，这坚强与高傲是那颗滴着血的心在撑着，那滴滴答答的声音有多么的痛彻心扉。

其实，生命中，实在是没必要请太多的人进来，如果只是因为害怕孤独，那样做只会让自己的内心拥堵不堪。因为孤独不是身边无人陪伴，而是内心真正需要的那个人不在。

蚕都是被自己吐出的丝缠绕而动弹不得。

　　我们的心对于孤独的感觉实在是太敏感了，敏感得就像是苍穹之中的一只鹰，始终都在搜寻着我们自己的孤独与不安，不停地自我折磨与煎熬着，无力自拔。但是，谁的一生不是在经历着一场孤军的奋战？凡是坚持些什么，就必须要独自走过一段黑暗。打赢生命之战，靠的是灵魂的自由与人性的饱满。

　　此时此刻，你可以独享那份只属于自己的孤独，独饮那杯只属于自己的茶。然后告诉自己，身边的人的确越来越少，但剩下的人却越来越重要。把人看清，不如看轻；把事看透，不如看淡；纷纷扰扰，熙熙攘攘，不如一杯清茶，往事如烟。

　　酒，是一群人的孤单；而茶，却是一个人的狂欢。所以，酒是生活，而茶却是可以润泽生命的清泉。茶平衡着我们生命内在的和谐，洗涤着我们一路走来的风尘，担当着我们的喜怒哀乐与悲欢离合。有茶的人生不会孤单，也不应该孤独。

　　都说内心强大其实就是绝对自信，我倒觉得不惧怕甚至忘却他人的忽视才是真正的强大，哪怕从此成为流光，哪怕只有这昏暗的烛光为伴。

　　"饮茶以客少为贵，众则喧，喧则雅趣乏矣。独啜曰幽，二客曰胜，三四曰趣，五六曰泛，七八曰施。"

　　这样冷寂的夜，幽然独啜，适合云南滇红。

　　滇红，主要产于滇南与滇西南，采自云南特有的大叶种红茶树，芽壮叶肥，金豪密布，汤色鲜红，香气鲜爽，馥郁芬芳，滋味尤厚，回味悠长。

　　滇红与其他红茶最大的区别就是"实"，茶形厚实肥壮，茶香浓厚饱满，这是我始终情之所钟的一款红茶。

滇红的出汤一定要快，前三泡只需一秒即可出汤。看着那暖红色的茶汤，感觉泡的不仅是茶，更是甜的温暖，更是安好的岁月。

滇红，实在是人间难觅的抵御孤独最好的良药！

知我者谓我心忧，不知我者谓我何求。

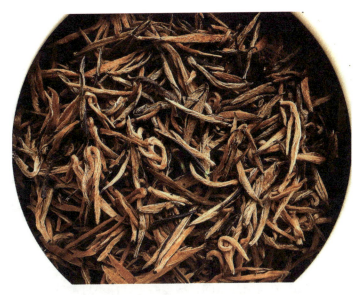

我觉得，孤独其实是一种空洞感，克服孤独最直接的方法，就是将这种空洞感进行填充。其中，最关键的因素就是你选取怎样的填充物。

感情？工作？思考？阅读？旅行？娱乐？

不管你选了什么，能够带来内心平和与踏实的填充物就是最适合你的生命的养分。

45. 泸沽湖心荡神**迷**的茶

泸沽湖，是一个谜。

谜一般的泸沽湖是静的，没有水波荡漾，只有幽静的一汪幽婉的湖水，幽得让你浮生若梦，醒来却春梦无痕。

谜一般的泸沽湖是蓝的，深邃凝重，深不可测的蓝，像天使梦幻般的眼睛。后来得知，泸沽湖的确深，是中国第三大深水湖。正因如此之深，才如此之蓝。

泸沽湖原本就是迷蒙的，因为重峦叠嶂的山峰、如梦如幻般的云雾中隐着美丽、洁白的格姆女神，让人着迷，让人仰慕，让人心生敬畏不敢直视，却又总禁不住想偷偷地看她一眼。

无数次梦里来到湖畔，抚那湖水，抚起一片涟漪，好凉。

无数次梦里窥过女神，但她始终带着面纱，还来不及看清她的容颜，便已飘然而去。

泸沽湖，跨越云南与四川两省。摩梭语中，"泸"，山沟；"沽"，里；泸沽湖就是山沟里的湖。

泸沽湖畔生活着古老而神秘的摩梭人。

摩梭人是中国现存唯一的母系氏族社会群体，母权制家庭制度中，母亲主宰一切，女性在家庭中有着崇高的地位。因此泸沽湖被称为"女儿国"。

"女儿国"里没有固定的婚姻，而是"男不娶，女不嫁"的"走婚"，当地人称之为"阿夏婚"。

"女儿国"的女子年满14岁，家里就会给她在祖屋旁单独盖一间房，称"花楼"，标志着她可以找情人了。到了晚上，女子会在"花楼"中等待她的情人，"花楼"的窗子若开着，表明那晚她没有情人；若关着，说明有情人相伴，莫来惊扰。

当男子有了倾心的女子，便会对她直接告白，如果两个人情投意合，男子便会在半夜爬进女子的花楼。两个人花前月下共享鱼水之欢。但天亮之前，男子必须离开，否则就是无礼。也就是"夜合晨离"，但绝不是"露水鸳鸯"。

"女儿国"的"走婚"完全是以双方之间的感情为基础的，一旦感情不和，便可随时分手，各奔东西。

每晚，女子们都可以在自己窗前的众多男子中依着自己的心意挑选自己中意的情郎。有一天，女子不再爱她的情郎了，便可关上窗户，将对方拒之窗外。然后，去选择新的爱与情。

"女儿国"，就是这般扑朔迷离。听起来真是天方夜谭！

泸沽湖共有5个全岛，3个半岛、1个连岛，都不是很大，突出水面也就十几米，像一只只美丽的渔船撒落湖间，其中我最喜欢里格岛，昔日永宁土司阿云山总管的水上行宫。

里格岛在水一方，迷雾缭绕，景色隽秀，树木葱郁，随处可见一种繁繁点点的小白花，异常的清香怡人，当地人奇怪地叫它们"水性杨花"。

里格岛是一个延伸至湖中的小岛，三面环水，自然围成了一个湖湾，湖湾宁静得就像一块碧绿晶莹的宝石，据说是由格姆女神的眼泪汇集而成。"在水一方"的女神为何会伤心落泪？

"蒹葭苍苍，白露为霜。所谓伊人，在水一方。溯洄从之，道阻且长；溯游从之，宛在水中央。"

岛上有十几户摩梭人家，是个原始的母系制"女儿国"。女孩不仅漂亮淳朴，且全都以"走婚"的形式满足情感需要。也罢，今晚就住在这格姆女神山下里格岛的村落里，或许能得一番心醉神迷的艳遇？

格姆女神山，是个"忽闻海上有仙山，山在虚无缥缈间"的神山。格姆，意为"白色的女神"，这山就是女神的化身。

相传很久以前，在一个美丽迷人的白露之夜，格姆女神与她的"阿夏"瓦如卡那男神深情相会。那一夜，初涉爱河的两个人极尽欢爱，如痴如醉，待男神离去时，天色已大亮。男神无法回去，便化作了一座巍峨的青山，永远留在了女神的身边。

看着瓦如卡那化成的那坚如磐石的青山，女神落下了伤心的泪，泪水汇集成了泸沽湖。格姆女神自己也化成一座神山，伫立在了挚爱情人的对面。从此以后，每逢白露之夜，哀伤的格姆女神便对着情人低声吟唱情深缘浅的情歌，那浸满了缠绵的爱的低沉歌声，在泛着迷雾的湖面幽幽地回响、飘荡。

泸沽湖，这个注满了爱的泪水的爱情之湖，默默地抚慰着女神伤怀而思念的心。

无声的陪伴是深情的告白；长情的相守是坚定的承诺。

今天是农历七月十五，也是被称为中国"鬼节"的中元节。相传中元节当日的夜里，阴曹地府会放出所有鬼魂，这一天，没事的人是不能随便出门的。

到了黄昏时分，天色渐渐暗淡下来，泸沽湖似乎多了几分鬼魅魔幻的感觉。

远远的天边偷偷飘来了一大片浓黑阴沉的乌云，这片乌云越来越近，飘到女神山山顶的时候，突然露出了狰狞凶残的面孔。原来是个阴险邪恶的巫师，正闪着贪婪的目光死死地盯着格姆女神。

他要干什么？难道要把女神掳走吗？

瞬间，乌云遮天蔽日，天地之间一片暗淡。那可怕的巫师已把女神山团团围住。

千钧一发之际，半空中一片火红的祥云冲天而起，如佛光普照般闪耀天地，瓦如卡那男神从天而降。顿时，乌云散尽，可怕的巫师消失了。

恍如心荡神迷的南柯一梦。

梦醒，一切皆不见了，有些茫然地环顾四周，只剩下低得好似伸手就能摸到的云，耳畔全是虫鸟的叫声，声音很响亮，却更显清远与空旷。待喘息稍定，静坐湖畔，远眺青山如黛，碧水如丝。随手摘了朵白色的"水性杨花"丢入了湖中，看着水中花儿稍稍踌躇了片刻便朗然随波飘去，禁不住轻吟："问世间，情为何物，直教人生死相许……"

常常见到男人戏说女人爱做白日梦，其实成年男人更爱做梦。因为成年男人的世界里现实的东西充斥得实在太多太满，而梦却又太少。

谁会真的拒绝美梦？即使不能成真。

梦，实在太美，可以带你摆脱现实的束缚，让你进入迷幻般的梦境逍遥自在地云游一番，然后，不为人知地悄悄回来。

中国很多古老的少数民族都会自己制茶，泸沽湖的摩梭人也不例外。摩梭人采茶、洗茶、制茶都是沿用自己民族传统的方法，成茶外表看起来与一般普洱无异，喝着却有一种独特的味道。不解，便问缘由。

"因为我们泸沽湖的阳光与其他地方的阳光不一样，晒过的茶叶就会有种特别的阳光的味道。"煮茶的摩梭女孩儿有些戏弄地回答我。

我当然不信，但那茶的味道的确不一样。

仔细观察着摩梭女孩儿煮茶的过程，发现她加入了一种像树枝一样的褐色的东西，赶忙问："这是什么？"

"就不告诉你！"说完，摩梭女孩儿爽朗地笑了起来。

看我一脸的不甘与疑惑，摩梭女孩儿又开始安慰我："你就放心地喝吧，我不会告诉你这是什么。不过你也别担心，我们摩梭人都很长寿，你看我的祖母都100岁了，这种茶，她喝了一辈子啦！"

摩梭女孩儿说得没错！

何况干吗一定要知道是什么，就如泸沽湖一般在我的心里始终保持着一份神秘，不是更让人杨柳依依吗？

46. 普者黑前世来生轮回的茶

　　"有时候我觉得自己像一只小小鸟，想要飞却怎么样也飞不高。也许有一天我栖上了枝头，却成为猎人的目标，我飞上了青天，才发现自己从此无依无靠。

　　"每次到了夜深人静的时候我总是睡不着，我怀疑是不是只有我的明天没有变得更好。未来会怎样究竟有谁会知道，幸福是否只是一种传说，我永远都找不到。"

　　我偏爱这种老歌，每听，便回到了老时光。尤其是这首《我是一只小小鸟》。有时觉得自己就是一只小小鸟，为了生命的尊严，飞向了未知的天空，把身躯交予苍穹，而心永远只属于自己。

　　这次，飞到了普者黑。

　　我沉溺这飞鸟般的感觉，就像是在无垠的天空任意地翱翔，什么也不用想，只管一直向前飞呀飞，不必犹豫，不必踌躇，也不必不时回头张望。

普者黑，彝语"装满鱼虾的湖"。

这里属云南文山地区，靠近广西，是典型的喀斯特地貌。数不清的连绵黛绿的山峦与散落其间的碧绿秀美的湖泊，互相缠缚萦绕，自然而原始，纯粹而纯净，宛若天堂，恍若隔世。尤其是夕阳西下时，让人迷醉之中分不清是今生，还是来世。

一个个原始的小小村落傍水而居，透着一股悠悠的乡情，当地人称他们的村子为"水做的村子"，而把他们的日子称为"水做的日子"。

水，的确是最有灵性的自然之物。

普者黑，因为《三生三世，十里桃花》而闻名。

"'你若敢死，我立刻去找折颜要药水，把你忘得干干净净。'

"他的身子一颤，半晌，扯出一个笑来，他说：'那样也好。'

"桃花坞里桃花庵，桃花庵下桃花仙。桃花仙人种桃树，又摘桃花卖酒钱。酒醒只在花前坐，酒醉换来花下眠。半醒半醉日复日，花落花开年复年。但愿老死花酒间，不愿鞠躬车马前。车尘马足富者趣，酒盏花枝贫者缘。若将富贵比贫贱，一在平地一在天。若将贫贱比车马，他得驱驰我得闲。别人笑我太疯癫，我笑他人看不穿。不见五陵豪杰墓，无花无酒锄做田。"

唐伯虎的这首《桃花庵歌》，没事的时候总会读上几遍，读了便觉得自己"在天"了。普者黑，我也做一回那半醒半醉的"桃花仙"。

普者黑，还有铺天盖地的荷花。万亩荷花花开次第，荷叶连天。"映日荷花别样红"，普者黑就是荷花的天堂。

下大雨了。大滴的雨珠落到荷叶上，一边发出噼噼啪啪的声响，一边欢快地蹁跹起舞、袅娜弄影，不一会儿荷叶上就汇集成了一捧捧晶莹灵动的小水洼，那荷叶就像一双双期盼的手在满怀憧憬地迎接着从天而降的甘泉，实在是个奇妙的动人景致。

普者黑的彝家人还把荷叶融进了日常的饮食：荷叶烧鸡、荷叶炖鱼、荷叶煎蛋……满口清新荷香，丝毫没有清苦之味，不仅适合夏季消暑，还可怡悦心神。

普者黑的天气说雨即雨，说晴即晴，谁也不知道下一时分会是个怎样的天景。这不，刚还在下雨，这会儿又出了太阳。云贵高原中午的太阳有些辣，普者黑的人便不出门了，都躲在院子的树荫下喝茶。一幅豁然出世之风，普者黑仿佛与这繁华盛世没有一丁点儿的关系。

我也躲了起来，把自己躲在了普者黑。躲起来的感觉让人暗自窃喜，窃喜之余却发现，原来我的心早就在这普者黑了，只是今日才取了回去。

普者黑有着山野气息十足的茶——松毛茶。虽也有人称之为"凤尾茶"，我却觉得这茶一点儿也不像什么凤尾。实在没必要给它起个雅号，还是当地人的称呼，"山茶"最贴切。

这山茶泡一大壶只需放一两根即可，喝起来一点儿都不像传统的茶的味道，有股淡淡的药香。

当地人告诉我，这大山里的山茶可是他们祖辈传下的宝物，能降暑解毒，明目清心。

这茶的样子看着好奇怪吧？

坐在彝家院落的廊下，看着燕雀檐下呢喃，品着粗放的山茶，耳边已响起了彝族月琴的清音，这切如思语、余音绕梁的琴声很容易就把人带入前世来生的冥想，带入流转轮回。

前世的我是什么？

我觉得前世的我一定是茶。

茶，原本只是些枯草干叶，所以，我们总以为是我们赋予了茶以文化的意义。其实，是茶用它悠扬、清欢的滋味在孜孜不倦地滋润着我们的生命，让我们在沧桑、漂泊的岁月里不再孤单，不再遗憾，不再忧虑，不再不安。

你爱茶，茶便会爱你。

如果有来生，我还愿意做一瓯茶，怀着感恩之心，去润物无声地滋润所有我爱的和爱我的人。

日渐西斜，雾气开始慢慢弥漫。踱至湖边，折一根山茶，轻轻一嚼，全是草木的甜涩。

人真的有三生三世吗？

我觉得有。

这是一个各种价值观当仁不让、各自为战的时代，在激烈的碰撞中，每个人无非就是选择与坚持这两件事。

选择，其实就是去繁从简，遵从内心；而坚持，不是咬牙切齿，而是心甘情愿地去坚持。这样的选择与坚持，能让你远离焦虑与不甘，不觉得放弃是一种痛苦，就像在这普者黑喝着山茶，自在，从容。

47. 福鼎慢条斯理的茶

福建，茶之胜地，名茶数不胜数！

到了福州，先感受一番具有悠久历史的传统闽文化及地方特色。美食、美景、美妙之物皆能带来心灵的欢愉。

我是个酷爱石头的人，就喜欢坚不可摧的感觉，连名字里都有块坚硬的石头，到了福州，著名的寿山石自然不能放过。一直想学篆刻，只是忙于俗事，疲于奔命，心总是静不下来。像这样的印章原石我已收藏了很多，陕西蓝田玉、新疆阿勒泰戈壁玉、宁夏贺兰山石、重庆大足石，这次又有了这寿山石。有朝一日待我恢复自由之身，定圆了这篆刻梦。

其实，诗书画印也是传统茶文化中重要的组成部分。

当然也忘不了当地的美食，"乐笑平生为口忙"嘛。

我没发现同利肉燕与肉丸的具体差别，花生汤很是清甜，据说对胃很好，回家可以试着给妻做。

我很喜欢烹饪，对食物有种近乎虔诚的热爱。

　　福州文化载体中的"三坊七巷"具有深远的意义，被称为明清建筑的博物馆，福建文化的根与源，一定要感受一番。

　　"三坊七巷"中，西面的三片被称为"坊"，东面的七条被称为"巷"。此处有林则徐、严复、沈葆桢、林觉民、林旭、冰心等福建名人的故居。悠深寂静的小巷别具一番闽南情调，最大的特点就是幽静，让人想起"曲径通幽处"的诗句，闲坐片刻真的能让人感受到"潭影空人心"。

　　我最喜欢衣锦坊中的水榭戏台，下面有清水池，中间隔着天井，正面为阁楼亭榭。恰逢阴雨天，稍稍有些凉意，水清、风清、雨清、音清，再配上一杯熏香味十足的正山小种红茶，瞬间就洗去了觅茶之旅中的那一丝风尘气。

　　我慵懒地流连于福州不想离去，但想想计划中后面的旅途还有很长的路，不得不坐最晚的一班动车 D3110 前往福鼎。

　　福鼎，因境内太姥山之覆顶峰而得其名。福鼎是我国白茶的原产地，清代周亮工《闽小记》中记载："白毫银针，产太姥山鸿雪洞，其性寒凉，功同犀角，是治麻疹之圣药。"

　　福鼎，原为白茶的重要产区，中华人民共和国成立后大量生产常见的红茶、绿茶，近年来，因福建白茶的保健功效以及药用价值逐步被认可才恢复了白茶的生产。

　　到了福鼎的第二天，很早起来，先去穿城而过的半海半河、半咸半淡的桐山溪畔溜达。所谓半海半河、半咸半淡，是因为内陆河水由此注入大海，入海口海水回灌，前半段为淡河水，后半段为咸海水。

　　福鼎四面环山，每山必有茶园。陡峭的盘山路崎岖、狭窄，山回路转，如云深处却发现别有一番洞天。

　　昨天福州"三坊七巷"有了"曲径通幽处"，今天，福鼎的深云寺刚好应了下一句"禅房花木深"。

　　福鼎漫山遍野都是茶，煞是壮观。茶树，一样能"横看成岭侧成峰"。

　　白茶，加工工艺在中国所有茶里是最简单和原始的。鲜叶采摘后不揉捻，只进行杀青，然后经过自然萎凋或文火烘干后加工而成，因此白茶也被茶人称为最具古风、最见真情的茶。

　　白茶的氨基酸以及黄酮含量较高，自由基含量很低，具有很高的药用价值，因此，白茶有"似药而非药，非药但胜药"和"一年茶，三年药，七年宝"的说法。

　　在古代，白茶并不是以日常饮品的形式出现在"茶米油盐酱醋茶"中，而是在药店里作为药材进行售卖。

　　白茶主要分为三类：白毫银针、白牡丹、寿眉。

　　白毫银针，白茶的精品、极品。茶的周身披满白色茸毛，色白如银，原料采自大白茶树的肥芽嫩尖，其体态纤美、挺拔如针，不仅赏心，而且悦目，被茶客戏称为茶中"美女"。

　　白牡丹，干茶冲泡后，绿叶夹着银白色的毫心，因外形似白色牡丹花而得名。

白牡丹采自大白茶树短小的芽与叶制作而成。采摘时特意选取新抽茶树上的一芽及一两片叶。白牡丹在冲泡后，绿叶托起嫩芽在水中飘逸飞舞，宛如牡丹迎风绽放。

寿眉，因其外形花白如老寿星的眉毛而得名。寿眉，采自茶树短小叶片，因此是三种白茶中产量最高的品种。

此外，还有贡眉，也是采自茶树的叶制成的白茶，其实与寿眉并无不同之处，贡眉的"贡"字表示为贡品，以示品质高于寿眉。

三种白茶品饮时需区别对待，银针常冲泡，牡丹需煎煮。尤其是老白茶，如果只泡不煮，那简直就是霸王风月了。

职场沉浮漂泊多年，若不为膝下幼子，早去体会白居易那所谓"食罢一觉睡，起来两瓯茶。举头看日影，已复西南斜"的闲暇日子了，但现实往往很骨感。

在物欲充斥、气息滞胀的空间里，理气调息成了忙中偷闲的功课。

气，或称之为"元气"。有人说，气是一个只可意会不可言传的缥缈之物，但在传统中医理论中，气，却是人体的一种生理机能，是维持生命活动的最基本能量。

躁动与纷乱的脚步中，是不可能固本逸神的，故，养气，首先要慢下来。所谓的慢，不是满，更不是惰，是一种平衡；不是一种状态，而是一种心态。慢，是源于内心的平静与自信所映射出的一种生活态度，表现出进退有法、张弛有度，无畏荣辱、无畏得失。

养气之茶首选白茶，能让你慢下来的茶，仍然是白茶。

品饮白茶，品的是其质朴的香气，饮的是其独有的滋味，仿佛回归山林，隐于晨曦。依恋白茶，依的是其古韵，恋的是其气息，慢条斯理、悠悠绵长。

茶人喜欢白茶，因其沿用了原始、传统的古法制作而成，整个加工过程古朴天然又不失植物活性，使人深感犹存的那份"古风"，且日久弥珍。

正如老子所言之"道"："万物之始，大道至简。"

已被咖啡文化包围的都市中，一抹夕阳下，一个粗陶壶，一缕炭火，一段情愫，白茶带给你的是一种闭门即深山的意境与感受。

对待生命不能仓促，更不能跳跃，因为生命就像一本书，不能一页一页快速地翻看，必须要一个字一个字慢慢地品读，慢慢地体验，品着白茶品读，品着白茶体验。

白茶是我喜爱的一款茶，因其独有的透明、真实、简单、自在的茶品就像一位渊博的学者，少言寡语，不屑与人争辩，有点清高傲骨，却绝非目中无人。

48. 武夷山深处真性情的茶

钟灵秀丽，曲水流觞。

天游峰、九龙巢、玉女峰、虎啸岩、一线天、双乳峰……
武夷山不仅是个美景美不胜收的美妙所在，也是中国的茶宝库，
大红袍、凤凰单丛、肉桂，还有我超级喜欢的水金龟。

武夷山距离市区并不很远，估计有 20 多公里路程。

一大早就赶到武夷山脚下，刚认识的当地司机老王介绍了
一家颇具特色的汉文化主题酒店，还是有些味道。我尤其喜欢
房间屋顶的天窗，晚上可以躺在床上看星星，如逢下雨，看着
天空中那直落而下的雨滴将是多么曼妙的感觉。

武夷山地质属白垩纪岩石层，配合独特的丹霞土壤造就了
武夷岩茶独一无二的岩韵；丰富的植被又融合了大自然的如花
蜜香；而当地百年制茶技艺烘焙出了高扬醇厚的炽烈火香，故
武夷山岩茶具有岩韵、蜜香、火香三大特点。

武夷山农户家是茶，山脚下是茶，岩石缝中是茶，溪流边
是茶，"岩岩有茶，非岩不茶"。武夷山就是个茶的世界。

当然，武夷山最出名的茶还是大红袍。

一路都是崎岖难行的山路，为一睹躲在大山深处那大红袍
母树的风采，跋山涉水，风雨兼程，我也是拼了。

武夷山大红袍，号称岩茶之王，生长于武夷峭崖悬壁间，因早春茶芽萌发时，远望艳红似火如红袍披树而得名。其产于武夷山东北部天心岩下永乐禅寺的九龙窠，山壁上朱德题刻了"大红袍"三个朱红大字。

大红袍母树为千年古树，九龙窠陡峭绝壁之上仅存6株，产量稀少，被视为稀世之珍。其植根于山腰石筑的坝栏之内，有岩缝沁出的泉水滋润，不施肥料，生长茂盛。

大红袍是武夷岩茶杰出的代表，只有武夷山才有大红袍。

终于见到了庐山真面目，但也只能远眺几眼。2006年，国家已禁止采摘大红袍母树，最后一次的采制之茶已收藏于故宫博物院，看来今生是无福消受了。

今天收获满满茶香，只可怜了我的这双脚。

2010 年年初，陪心情欠佳的小姨子滑冰，这是我生平第一次滑冰，感觉还不错，觉得自己有几分天赋便逞能耍了一下酷，却摔断了自己的右脚，结果落下了不能长时间走路的毛病。

今天，竟然走了 2 万多步，结果可想而知。

闲暇之余，武夷山的曼妙风景还是要享受一番。

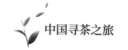

最具视觉震撼力的还属天游峰。

在山脚下考量许久，最后还是放弃了，800多个台阶肯定超过了我的脚的承受力，还是在山脚下想象一番吧，在天边的亭榭沏上一壶清茶，"长亭外，古道边，芳草碧连天……"

到武夷山一定要转转"武夷茶博园"，尤其是张艺谋导演的山水实景剧《印象大红袍》，就在大王峰山脚下现场演出，听说很有视听感染力。

昨天武夷山之行体力透支，今天便睡了一个大懒觉，起床已中午12点了，不过体力已完全恢复，又精神抖擞地出发了。

到了茶博园才知道，上午的演出已经结束了，要等到晚上才能看第二场。可下午我就要出发离开武夷山了，实在有些遗憾。也只能怪自己喽！但不管怎么样，这里倒是赏山赏水赏茶的理想所在，大王峰、玉女峰近在咫尺，如画景致下哪怕只是坐坐都是人生的一大享受。

随手拿来《印象大红袍》的节目单，里面有这样一段话：

"今天的我们已模糊了生活的本来面目。是谁谋害了我们的热情，还是我们自己冷落了温软的心灵。当你喝完一壶茶，山风吹起离去时轻巧的足音，无论你走到哪里，那声音就在你的耳边，只要，有那么一刻，我们的心里能怀着一份自己，一杯水就是一盏茶，一口呼吸就是一次放下。"

一直以来，对大红袍充满了特殊的敬意，因它的冷傲。

经过反复的淬火烘焙，烧去了尘世间的浮尘，焚去了植物中的娇媚，大红袍就像历经磨难后站在华山之巅那伤痕累累的大侠杨过。或许也只有大红袍才当得起如此地冷若冰霜，傲然屹立，而这种侠之风范正是当今这个略显浮躁的社会最缺失的品质，傲而不慢，冷而不冰。

"不如仙山一啜好，冷然便欲乘风飞。"

大红袍的制茶工艺异常复杂，需经晒青、晾青、做青、炒青；初揉、复炒、复揉；水焙、簸拣、摊晾、拣剔；再经过复焙、簸拣、补火后方能制成。在这复杂的工艺流程中，火，是一个必不可少的元素。

火，是自然界中最原始、最纯粹、最热烈、最彻底的一种能量释放方式。经过火的洗礼，大红袍更加纯净，更加厚重，更加有韵味，更加有力量，更加具有真性情。

品饮大红袍，最突出的口感是厚与滑。

厚重之感，就像面对着一个经历过风霜雪雨的中年男子，功名利禄中的淡泊，曾经沧海后的超脱，暴风骤雨里的沧桑与悬崖峭壁前的平静。这是一种豁达洒脱的风采，一种宽宏包容的气度；一种返璞归真的性情，一种健康善良的本性。

顺滑之味，却犹如面对温文婉约的成熟丽人，虽无声无息但自然清新，虽无雕无饰但出水芙蓉，品之，如沐夏雨春风。真应了苏东坡的那句"从来佳茗似佳人"。

大红袍，是最具真性情的茶。

49. 鼓浪屿恰如其分的茶

　　问过妻很多次："你最喜欢哪里的感觉？"

　　很多年了，妻的答案从来没有变过："厦门，鼓浪屿。"

　　厦门很美，而我恰好有空。这次不仅有空，且空闲的时间很充裕，便想陪妻再去一次。不过，我倒是有几分顾虑，担心自己真的爱上了鼓浪屿，离开的时候会因为不舍而难过，太多的人、太多的文章已把鼓浪屿的春花秋月以及文艺范儿挥洒得铺天盖地，力透纸背。何况还有撕了结婚证的林语堂和《京华烟云》里的那句："我爱你比永远多一天。"

　　这之前，我从未来过厦门和鼓浪屿，倒是妻已先后来过两回，常听她演绎鼓浪屿多么文艺、多么浪漫，却将信将疑。妻历来较夸张，不管什么到了她的嘴里就变得神乎其神。

　　按照妻的惯例，无论到哪个城市，第一站一定是步行街，到了厦门，照例！中山路步行街。我的天哪！这人也太多了！

　　昨晚陪着妻步行街一游，我的两只脚快累断了。今天原本打算睡个懒觉，但还是早早被妻拎起了床，按计划去鼓浪屿。

　　妻老马识途般充当导游，千难万险地把我从人山人海中带到了鼓浪屿的内厝澳码头。

　　一上岛，首先感受的是沙滩。

鼓浪屿的沙滩出乎我的意料，它没有海南那般金光闪闪，也没有北海那般银白细腻，它有的是自己的味道与情怀。尤其难得的是沙滩上的人很少，或许都去龙头路感受烟花风月了。

不像国内很多地方的沙滩，有的如小女孩儿般熙攘喧嚣，有的如贵妇人般富丽华贵，它恰如一个含蓄大方、沉稳端庄的知性女子，举手投足间散发着成熟而典雅，平静而风韵的气息。让人凝视，让人沉思，让人敬重，让人安详。

妻赏了我一串莲雾，还说这莲雾就连林清玄都赞不绝口，我还是第一次吃，有些虔诚地咬了一口，好像并不怎么可口，水分倒是很足。看着我的表情，妻白了我一眼，说我没品位。

干吗白我？确实不甜嘛！

以往，这种老建筑总让我回忆起童年，很温暖，很安心，而鼓浪屿的这种红砖建筑带给我的却是民国书卷的气息。一股浓浓的墨香，香得只洋溢着清新与雅致，无一丝一毫的酸腐，香得那样恰到好处，恰如林语堂先生在娓娓道来：

"读书使人得到一种优雅和风味，这就是读书的整个目的。读书并不是要'改进心智'，若是如此，一切读书的乐趣便丧失净尽了。"

鼓浪屿的小巷曲折多岔，太容易迷路了，迷路就迷路吧！我们迷失在了一条一侧有着高墙的小巷，这种小巷已少见了。这僻静的小巷让我想起"恰似同学少年，风华正茂"的诗句，让我想起了袁迪宝与李丹妮的旷世跨国之恋。

女孩儿在 25 岁最美的年龄遇见了男孩儿，历经半个世纪，83 岁才走入婚姻的殿堂，7 年之后携手奔赴天堂。

1953 年，鼓浪屿的袁迪宝在浙江医学院读书时爱上了自己的俄文老师——20 多岁的法国女孩李丹妮，美丽、智慧的李丹妮也爱上了这个中国学生。

袁迪宝这样回忆:"她总是穿着连衣裙,像天使一样从教室门口飘进来。"李丹妮则对袁迪宝唱了这样一首俄文歌:"田野小河边,红莓花儿开,有一位少年真使我心爱,可是我不能对他表白,满怀的心腹话没法说出来。"

但造化弄人,那时的袁迪宝已经成婚。知道了实情之后的李丹妮郁郁寡欢,最终她说:"我没有权利把幸福建立在另一个女人的不幸之上,抢别人的幸福,这个结果我不能接受。"

1955年,李丹妮随父母回到了法国,两人从此断了联系。但李丹妮始终未婚。

多年后,发妻离世的袁迪宝向李丹妮在法国曾经的住址尝试着投递了5封信,后来竟收到了李丹妮的回信,沉静了半个多世纪的爱重新奔涌而出。86封情书,55年等待。

"亲爱的丹妮:50多年前上帝叫我来认识你,是要我来爱你的。离别50多年后,再让我们相见,也是要我来爱你的。"

"亲爱的迪宝:你给我的,我全都保留到今天。你那封信我看了后,成千成万的音调、诗句、色彩涌出心头,这种美感我早以为不可能再出现在我的余生里。深夜了,我坐下朝天看月亮和星星,我朝天看,莫不是想看到你吗?我深知你是真正爱过我的人,正如我真正爱过你一样。"

2010年9月18日,李丹妮从法国里昂来到厦门,两人重逢。9月21日,两人在厦门登记结婚并举办了婚礼。从此两位老人每日相对而望,互相亲吻,度过了最浪漫的时光。

2017年10月19日,袁迪宝离世,享年90岁。9个月后,李丹妮与世长辞,享年92岁。

两人天堂再次重逢,成就永恒。

　　黄昏时分，绯红的余晖穿过了薄薄的云层，海面上洒下了波光粼粼的光影。鼓浪屿那轻柔的海浪不断冲刷着每个都市人心中的浮尘，然后让疲惫的人与美丽一次次温柔相拥。

　　站在海边，对面就是时尚现代的厦门。

　　就是这么近，海的一边是历史，一边是现在。

　　这距离恰好让人感觉到真实，眼前就像出现了一张照片，既不像是沧桑的黑白两色，也不是绚丽的现代色彩，而像温暖厚重的油画，稍稍有些模糊，但轮廓依然可辨。

　　看着妻脸上落下的余晖，我也想对她说世上最美的誓言，但我知道，什么都不用说，因为她早已清晰地辨出了我眼神里溢出的气息。

　　渐渐入夜，恰好的风，既无寒意，也无燥热；恰好的情，既不浓郁，也不淡漠。这便是鼓浪屿独有的繁华落尽后留下的恍如隔世的风情。鼓浪屿的情不是浓情，没那么浓郁；也不是热情，没那么热烈；恰好是深情，自然流淌，尽在无言。那情不是包围着你，不是拥抱着你，而是静静地凝视着你，你恰好可报以默默的凝视，不远不近，不离不弃。

　　与妻闲坐在有些斑驳的廊上一起品品厦门著名的凤梨酥，连那甜都是恰到好处。

在这样的地方喝茶，一定要喝恰如其分的茶，如福建名茶安溪铁观音。因铁观音既有绿茶的清，又多了几分兰花的香；既有红茶的厚，又多了几分岩茶的骨。

坐在鼓浪屿古宅略有些灰暗的回廊上，饮一口铁观音真的能品得出江山无限，岁月如烟。

就要离开鼓浪屿了。我知道，随着每一次转身，那些美得让人心醉的光阴就渐渐地变成了发黄的相片与甜甜的故事。但还是要背上行囊，走向远方。

下船了，没有回头，径直便离去了。

干吗一定要儿女情长般的难舍难离？我未负相遇，自然就不伤别离，何况，鼓浪屿已藏在心里了。不信，你去问鼓浪屿的风、鼓浪屿的楼、鼓浪屿的小路，还有鼓浪屿的明月清风，它们一定知道。

走了，我要继续那走遍天下的梦。走遍天下，不是为了让全天下看到我，而是为了看到全天下。

走了，继续走属于自己的路，赏自己的景，抚自己的心，弄自己的情，品自己最钟爱的茶。我坚信，忠于自己的内心，生命才会丰盈。

50. 阳朔神仙喝的茶

"桂林山水甲天下，阳朔山水甲桂林。"

一个"甲"字，不仅代表了江湖地位，更让多少人心驰。各种有声、无声的媒介载体中传递的桂林、阳朔的各种景致，以及自己天马行空的想象，总觉得阳朔就是个神仙的居所，到了阳朔，就能羽化成仙。

会议日程突然有了变化，我离奇地多了一周可以完全自由支配的时间，便临时决定带着妻和儿子到了阳朔。

旅行，就像盖着的酒坛子，一旦打开，酒香四溢，便无法自己，只能如醉如痴了。

下了高铁后才发现，阳朔高铁站距离阳朔县城还非常远，道路状况也不好，我们坐着当地的班车颠簸了近一个小时。

每次和妻一起出行都是由她来订酒店，而每次都会带给我惊喜，因为她订的酒店都比较有特点，就像这次她订的是一家位于西街的很符合阳朔自由与散漫味道的客栈，我格外喜欢。尤其是有个临着西街街景的阳台，很适合晒晒太阳，喝喝神仙般的闲茶。用妻的话来说，挣钱是一门技术，而花钱则是一门艺术；会不会挣钱看一个人的智慧，会不会花钱就要充分考量一个人的品位了。好吧，若论品位，我心服口服！

　　阳台下就是著名的阳朔西街。

　　白天的时候乍一看，阳朔的西街就像重庆的磁器口古镇，古香古色，古韵十足，但没有磁器口那么多的人，略显清寂；到了夜幕初临之时瞬间就变成了成都的宽窄巷子，熙熙攘攘，人流如梭；而入夜后才发现了它洋人街的真面目，就像北京的后海。各种肤色的人们或喝着啤酒，或品着咖啡，或吃着阳朔传统的小吃，不同的语言混杂在一起，各种眼神交织在一起，或含情脉脉，或风情万种，或热情奔放，或若有所思，这时的西街就连空气中都弥漫着异国的浪漫情调。

　　难怪西街被称为"地球村"，原来聚集了世界各地的神仙。

　　每到一处可不看风景，但必做两件事：一是品当地茗茶，二是尝当地美食。妻的胃病犯了，尽管一个劲儿地吵着要吃她的最爱——麻辣鱼，但还是被我坚决地制止了。

　　阳朔独有的芝麻剑鱼，肉质很细嫩，做成番茄味一点儿也不觉得清淡，滋味浓郁，丝毫不亚于一线城市一流名厨的手艺，虽有些小贵，但还是物有所值。配一小瓶当地 38 度的桂花酒，小酌几杯，逍遥自在。

已经凌晨了，儿子突然嚷嚷着要吃夜宵。

都已经这个时候了，还能在这条仍然热闹非凡的西街吃上德国热狗，实在让人惊异，而习惯了夜猫子生活的妻自然坦然自若，我则要了一杯地道的德国黑啤。

第二天清早，起床后发现由于降温，天气突然变得很冷，妻与儿子只能躲在宾馆，我独自出游。

阳朔，我认为最有味道的还是十里画廊，尽管不如兴坪镇那么名扬天下，但这里的景致却更加随心、随性，更生活化，骆驼过海、祈福的大榕树、刘三姐对歌台、月亮山……

不过还是发生了一个小尴尬。当地都是租电瓶车自驾游，可我只会开车，不会骑电瓶车，只能由当地人载着四下游逛。偏巧只有一个骑手，是位身材娇小的小姑娘。

"你行吗？"看着她，我有些犹豫。

"没问题！昨天我还载了一个足有200斤的北方大汉呢！比你壮多了！"小姑娘很自信，也很开朗，我有些将信将疑。

一路上小姑娘热情地给我介绍着当地那些有名的山山水水与风土人情，虽不及专业导游，但解闷足矣。

早听说七仙峰是阳朔唯一的茶园，茶园就散落在形如北斗的七座美丽的仙山之上。

第二天天放晴，便带着妻儿去寻茶。

七仙峰绿茶最明显的特点就是"绿"。干茶是绿的，茶汤是绿的，冲泡后的叶底也是绿的。据说是因为当地的有机绿茶在鲜叶采摘后快速高温杀青，抑制了茶多酚的氧化。还有就是七仙峰的绿茶都是采用最嫩的芽头制成，入口滋味非常飘逸，毫无苦涩之味，就像七仙峰的名字，有一种飘然若仙的感觉。品一口，果然觉得自己添了几分仙气，好似心中藏了个神仙，闻到茶香便钻了出来，翩然坐在对面与我一起对饮。

这种高寒山区，半风化花岗岩土壤生长的茶树所产之茶，还是很有几分特点。

没想到漓江边的绿茶也叫"乌牛早"。

原来我只知道浙江永嘉县出产的乌牛早茶是绿茶的极品，鲜爽无比。由于每年春天的采茶期尤其是头茶的采茶期要早于其他的绿茶，所以才被称为"早茶"。漓江的"乌牛早"完全具备了"早茶"鲜嫩、鲜爽的特点，品质很棒。

无意间发现了阳朔的另一种当地茶——野生石崖茶。

我一直喜欢野生茶，像野生普洱、野生滇红、野生苦丁，尤其喜欢野生茶独有的那种原始而霸道的茶气。漓江边的野生石崖茶采于漓江沿岸秀丽的山崖石壁之上，虽揉搓成乌龙茶的粒状，但属绿茶。

当地的茶农告诉我，这野生石崖茶的口味非常特别，外人可能喝不惯。我都快成茶仙了，什么茶没喝过，能有多特别？闻了闻，确实有点怪怪的味道，一尝，竟是浓浓的海苔的味道，还有点腥。

看来这野生石崖茶我是无缘消受了。

没想到，这里的昼夜温差非常大，白天暖阳融融，太阳刚落山却是出奇的冷。儿子年龄太小，便赶紧逃下山了。

"桂林山水甲天下，阳朔堪称甲桂林。群峰倒影山浮水，无山无水不入神。"

阳朔是神仙生活的地方，阳朔的茶是神仙喝的茶。

夜深了，妻与儿子早已进入了甜甜的梦乡，推开阳台的门，我坐在茶几前品着白天带回来的"漓江乌牛早"，就着静静的夜色找着神仙的感觉。

正独自沉浸在淡淡的茶香中，闭目聆听着阳朔那轻轻夜风的沙沙之声，阳台下突然传来了一声明显还有些稚嫩的喧嚣："下一站去哪儿？我还没嗨够呢！"

还是个女声！

一定是地球村的"外星人"刚从酒吧出来，还未尽兴。

我的天呀！已经凌晨两点了！

唉！禁不住感叹：年轻真好，年轻的神仙更是逍遥。

51. 桂林老街勾起回忆的茶

　　离开阳朔去桂林，儿子念叨了很久象鼻山，一定要带他去看看。路上他还说一定要揪一揪大象的鼻子，那可是座山啊！

　　车主小何很热情，坚持一定要先送我们去转转兴坪古镇。说这儿是漓江最美的河段倒也毫不夸张，不然不会成为20元人民币的背景画面。真的是漓江如画啊！

　　出了兴坪古镇，小何一边开车一边和坐在前排的妻闲聊，当他听说妻特别喜欢广西的百香果，也没有和我们商量就径直拐进了一条狭窄的山路。山路不是很崎岖，车走起来还算平稳，沿途种满了砂糖橘、甘蔗。

没多久到了山脚下，远近全都是成片的藤架，走近一看，竟是一大片百香果园。

原来百香果是结在攀藤上！

真是意外的惊喜，妻和儿子开心地钻进了果园。

这应该是妻吃过的最新鲜的百香果了。

到了这个年纪，最开心的事就是看到妻儿开心。

这样走走停停，原本不到两小时的车程，竟走了大半天，临近黄昏才到了桂林市区。小何这一趟应该是亏本了，但他似乎一点儿也不在意，开心地与我们告别，我们一家人颇感愧疚。

每次到桂林，我一定要吃一碗桂林米粉，尤其是这种有着几分岁月感的老店，不仅原汁原味，而且耐人寻味。

其实桂林米粉的味道并不合我的口味，只是无论到哪里，就是喜欢以这种方式寻找些老味道、老感觉，因为这老味道、老感觉能给我带来些回忆的滋味。都说一个人喜欢回忆过去，说明他老了，我并不觉得，我认为回忆是一种浪漫。

浪漫，到底是什么？不同的人对浪漫有不同的诠释，不同的人有着不同的浪漫。

浪漫是一种发自内心的愉悦感受，也许它是一句话，一个表情，一个眼神，一个微笑，或者就是一个细致入微的举动，一段让你想起来就觉得安心与幸福，就想去回忆的时光。

桂林最有岁月感的小吃，应该属油茶。每次看到油茶我就走不动，一定要来上热气腾腾的一碗。

小店里正在做油茶的大姐头也不抬地忙碌着，动作娴熟而利落，她那半弯着打着油茶的身影突然间看起来好熟悉。

对了，像我年轻时的妈妈。

我出生于1970年。出生后的第一个家是在一个筒子楼里。现在的年轻人大多不知道什么是筒子楼，甚至连我们这些"60"后、"70"后都感觉陌生而模糊了。筒子楼，最具代表性的是那通常光线昏暗，堆满了杂物的长长的过道。过道两边是门挨门的一家一户，每家的门口都会有一个必备的物件，煤油炉子，在炉子旁边则整齐地放置着各种各样的调料罐。筒子楼里时刻弥漫着浓郁的煤油味儿，但那时的我们却一点儿都不觉得刺鼻，仿佛这煤油味儿，就是家的味儿。

到了晚上做饭的时候，筒子楼的过道里就挤满了形形色色的家庭主妇，大家有说有笑、饶有兴致地互相谈论着即将端上各家各户餐桌的饭菜，彼此间还会不时交流一下各自的厨艺，甚至还会用指尖从另一家那正沸腾着的锅里捏一点儿放入自己的口中尝尝味道，然后竖起大拇指真心地赞叹一番。

我的妈妈也是这其中的一员。

　　吃饭的时间到了。饭前妈妈会用一种神秘的神情与语气让我们全家挨个去猜今天的菜是由什么食材制作的，每个人都必须回答这个问题。然后，她才兴致勃勃地告诉全家，这种饭菜叫什么名字，是跟哪个邻居阿姨学的。吃完了，妈妈还要求我们全家逐个点评，以便决定今后是否要常做。这似乎是妈妈最感兴趣的事，每天都会重复同样的一幕，乐此不疲。

　　当时的我对此很不耐烦，今天回想起才发现，这才是让人历经多年仍难以忘怀的家的感受，爱的感受，妈妈的感受。

　　桂林的油茶起源于瑶族，但茶却不是主材，它是完全按照南部山区的饮食习惯制作而成的另一种风格的地方小吃。

广西恭城被称为"油茶之乡"，据说起源于唐朝，距今已有1000多年的历史。

桂林油茶的制作方法相对比较复杂。

首先，将茶叶（在桂林地区一般采用当地的绿茶）用少许的开水浸泡透，作用有点像喝茶中的醒茶。然后把铁锅烧热，放入猪油，待猪油彻底融化后将浸泡过的茶叶放入翻炒。然后放入米花、炒熟的花生、大蒜瓣、葱头、生姜，混合在一起，用棒槌捣至糊状，俗称"打油茶"。之后加入开水煮沸，桂林油茶就准备好了。

饮用时，先在碗里撒一些葱花、香菜，然后把煮好的油茶过滤去渣，倒入碗中即可。

油茶可反复打，慢慢品，所以，当地有这样的油茶民谣："一杯苦，二杯涩，三杯、四杯好油茶。"

桂林油茶香醇浓郁，再配些油炸糕、艾叶粑等辅食，尤其适合冬季驱寒。这家小店的油茶很浓香，恰逢这几天桂林阴雨连绵，气温很低，喝上热腾腾的一大碗油茶，顿时充满暖意。

离开东西巷的这家油茶店，很不舍。

这香糯浓郁的油茶带给我太多回忆的感受，童年、妈妈、还有很多，很多。

52. 柳候祠芒寒色正的茶

实在没想到，我竟阴错阳差调到了广西柳州工作。这之前，我们全家从未去过柳州，妻有几分好奇，想一起去看看。这次我实在不想带他们同行，但妻很坚持，无奈，只能带着妻与儿一起赴任。

从广东到柳州有直达火车，K158，是绿皮车！

已有很多年没有坐过绿皮火车了，一点儿都没觉得遭罪，相反，却很亲切。

妻开心地说："这才有旅行的感觉！"

的确，我也有同感。我们这些"70"后在成长过程中的旅途都没有离开过绿皮火车，这是一种承载着我们年轻岁月的情结。妻很惬意，仿佛回到了从前的时光，6岁的儿子有些不习惯，不断地问："还有多久才能到站啊？"

躺在卧铺上，看看书，写写心绪，或者干脆什么也不想，就那样彻底地放空自己发发呆，在"咣当、咣当"的声音中，时间开始慢慢地流淌，我也找到了旅行独有的快乐。

之前对柳州无任何概念，只知与柳宗元有关。到了才知，这是个"百里柳江，百里画廊"的山清水秀之所在。悠长回转、缓缓流淌的柳江像清纯少女头顶的发带，无声无息地束着古老而略显坚硬的龙城，让这个城市有了几分温存的意味。

为什么古代那些知名的文人雅士都会被贬？苏轼、柳宗元，等等，应该是中国历朝历代的知识分子始终坚持的气节与傲骨所致吧。不过，曾经那些流放的荒蛮之地今天都是美丽的景致，从这一点而言，流放就流放吧，或许那些自然原始的处女之地更容易激发诗情画意，更容易成就传世佳作。

意外地发现，柳州竟有个如此刚中带柔的独特的读书之所，心中有了些许自慰。

这次到柳州工作实属无奈，几近 50 岁了，突然间就离开工作了十几年熟悉的地方，虽不是"发配"，但绝对是"贬谪"，有些压抑，也有些伤感。

我将如何面对未来？

我的境遇应该与当年的柳宗元一样吧。为了看看这位被"贬"之人是如何修补自己残破的心，我来到了柳候祠。

不管怎么样，这位老先生最终还得到了这样一个流芳千古的幽静所在，倒也不虚此生。

柳宗元，被尊为唐宋八大家之一，不仅是一位文学家，还是伟大的哲学家、思想家，这位河东先生一生留下了 600 多篇诗文并广为传诵至今。我最记忆犹新的是《捕蛇者说》。

唐顺宗时期，柳宗元作为永贞革新的重要人物，废黜宫市、贬斥贪腐、治理税收、抑制藩镇，取得了很高的政绩。但到了唐宪宗时期永贞革新失败，柳宗元随之跌落神坛，持续被贬，最后被贬为柳州刺史。

柳宗元的结局暗淡悲凉，客死柳州，享年才 47 岁。

"千山鸟飞绝，万径人踪灭。孤舟蓑笠翁，独钓寒江雪。"

这首《江雪》所描绘的那种荒凉与枯寂的不带人间烟火的意境，表达的孤冷与没落但也无可奈何的心境，今天读起来，我懂。但其中，那永不褪色的清高与孤傲，我也懂。

碑林中有众多的碑刻，我最喜欢那块刻着柳宗元的《登柳州城楼寄漳汀封连四州》："城上高楼接大荒，海天愁思正茫茫。惊风乱飐芙蓉水，密雨斜侵薜荔墙。岭树重遮千里目，江流曲似九回肠。共来百越文身地，犹自音书滞一乡。"

好一个"海天愁思正茫茫""江流曲似九回肠"。

我何时才能回家？

难道只能如柳宗元这般"魂归河东"？

刘禹锡"芒寒色正"四个字，道出了河东先生光芒万丈的德与品。"天下文士，争执所长，与时而奋，粲焉如繁星丽天，而芒寒色正，人望而敬者，五行而已。"

星光清冷才色泽纯正，人之品，何尝不是如此。

被贬的柳宗元到了柳州之后并没有沉浸于自我的苦闷之中自甘消沉，他主政释放奴婢，兴办教育，植树造林，做了很多造福一方之事。死后柳州人建立祠堂，以表对他的怀念。

突然发现，其实河东先生并不是我以往想象的只会感叹"无可奈何花落去"的蓑笠翁，他是一个勇敢的人，否则怎么可能被柳州人民千百年敬奉，被称为"柳柳州"。

勇敢之人不是不知道感知痛苦，而是痛苦的时候依然能够坚持自己的信念，保持着"芒寒色正"的品行。

"正"，正大刚直，刚正宏达。

这是一种品，这是一股气，如孟子所言的"浩然正气"，也如文天祥的《正气歌》："天地有正气，杂然赋流形。下则为河岳，上则为日星。"

据说，柳宗元也嗜好饮茶。

"芳丛翳湘竹，零露凝清华。复此雪山客，晨朝掇灵芽。"

为河东先生敬上一杯广西的凌云白毫茶，以"凌云"二字表崇敬之意，以谢开悟之恩。以先生的清高之品，浩然之气，必定对这清爽醇厚、香气绵长的凌云茶赞叹不已，不忍释杯。

说到"凌云"二字，不禁想起了宋江酒后在浔阳楼提的那首反诗："他时若遂凌云志，敢笑黄巢不丈夫！"

何其快哉！

在柳州，工作、生活渐渐地回归了应该的轨迹。

无意间，在柳江边距离工作地点不远的地方找到了个心仪之所在。这里一时有一时的景致，一刻有一刻的意境，而且人非常少，我便经常躲在这里看书。

这天，我在看史铁生的《我与地坛》。

"园墙在金晃晃的空气中斜切下一溜阴凉，我把轮椅开进去，把椅背放倒，坐着或是躺着，看书或者想事，撅一枝树枝左右拍打，驱赶那些和我一样不明白为什么要来这世上的小昆虫。"

看到这儿，不禁伸手摸了摸自己的腿。我还有腿，还有茶，已经好幸福、幸运了！

我告诉自己："立刻迈开双腿，走向远方，永远都不要停。莫辜负了这幸福与幸运。"

53. 布央侗乡清除杂念的茶

　　柳州是一个多民族聚居的地方。柳州有四绝：壮族的歌，侗族的楼，苗族的舞，瑶族的节，全都与当地少数民族的习俗有关。很少能有如此难得的自由时间，离报到的日子还有两天，决定带着妻儿去柳州著名的侗族之乡——三江。

　　之前在网上居然没有查到柳州到三江的火车信息，便以为只有长途汽车，提前订了汽车票，等到了柳州才知道，柳州到三江的动车已经通车。为安全起见，决定还是改乘动车前往，于是一大早赶去柳州长途汽车总站退汽车票。

　　退完票回来的时候，发现路边有一家很大的小吃店不停地飘出火辣辣的香味，没忍住，来了碗柳州著名的螺蛳粉。

　　店员提前就已警告我，柳州的螺蛳粉特别辣，我满不在乎："没事儿，我就喜欢辣，照你们柳州人的习惯做！"可一下口，才知道真的辣！我这自小就离不开辣椒的人居然有些吃不消。不过辣得的确是酣畅淋漓，满头大汗之余不禁高呼"过瘾"！难怪柳州人形容螺蛳粉"想之流涎，吃之打滚"。说心里话，我也被辣得快要打滚了。

　　回到酒店，妻与儿还在睡觉。关于螺蛳粉的邂逅竟神不知鬼不觉。

　　妻酷爱辣椒，但胃不好，可不能让她知道这秘密！

　　三江，即榕江、浔江与苗江。三江实在不愧这个"江"字，除了所讲的三江，还有纵横交错的大小河流74条。三江是个多民族的聚集地，主要有侗族、瑶族、壮族、苗族等，最多的还是侗族。"侗"源于古代对少数民族行政管理的单位名词"洞"，直到现在，很多少数民族的村寨依然被称为"洞"。

　　侗族有三大国宝：鼓楼、花桥和大歌。凡有侗族村寨必有鼓楼。侗族的鼓楼是模仿杉树的形状建造，因楼上会放置大鼓而得名。雄伟庄重、艺术精美的鼓楼是侗族人民聚集议事、节日庆典的重要场所。风雨桥除了交通的基本功能外，还是休闲、会友、避雨、赏景的所在，又称为"花桥"。

　　在三江，除了这些具有浓郁民族特色的建筑和艺术之外，还有好茶。"日午独觉无余声，山童隔竹敲茶臼。"柳宗元的诗说明早在唐朝，三江的茶已有了很高的知名度。

　　现在，三江最著名的茶园是布央侗乡茶园。

　　三江布央茶园密布于迷人的仙人山之中。茶山云雾缭绕，山幽水秀，如诗如画，恍若仙境。瞧我们家的仙女与小茶仙，多开心！每逢此情此景，便觉得是我人生中最幸福的时刻。

　　曾经以为得到心爱的人就是幸福。后来才懂，让心爱的人幸福，才是自己真正的幸福。心疼与牵挂，只需要一个理由：爱；包容与宠爱，也只需要一个理由：爱。

　　要想让心境趋于自然平和，不是以能够包容什么来实现，而是以清除什么来完成。不断地清除对于自己生命并不重要的东西，把生命聚焦在最渴望的梦想与最赏悦的感受中，才能成为一个生活内容简单而生命体验富足的人，才能不负时光，不负生命。

　　如果一定要"浪费"，那一定要把时光"浪费"在心灵的幸福空间，这才是生命中有价值的"浪费"。这种幸福的空间，就是灵魂不被打扰，性情得到充分自由的空间。

　　布央茶大多制成绿茶，其茶色明亮，茶香如兰，口感清甜，滋味醇厚。也有少量的红茶与白茶，口感都不错。

　　随着夕阳渐渐暗淡下来，散落在山间林中的侗族村寨开始升起袅袅炊烟，这种四下飘散的炊烟最能散发出自然而和谐、宁静而自足的气息，这种烟火生活才是最地道而纯粹的生活。

　　晚饭后，一家人在这据说已历经了几百年的斑驳的石板路上散步，吹着凉爽透彻的山风，置身于漫山浓郁的茶香之中，这种感觉就是幸福！心灵深处的幸福！这种幸福，如同身边那些侗族村寨的人们，自在而满足，这是一种心甘情愿地遵从自己心灵深处的感知而生活的幸福。这幸福就如同这三江的茶，清而纯，静而醇，像陈酿的酒一样怡人、醉人。

天下所有的幸福都有一个共同的特点：短暂。

旅行的幸福只有在旅途中才能感受到，而眼前的这种宁静而自然的幸福，也只有在这远离尘嚣的世外桃源才能够体会到。之后，虽然你可以通过照片、文字去回味，但这种真实通透的感觉却是你绝对带不走的。

离开布央茶山的路上，车穿过了几个零零落落的侗族村寨，驶入了茫茫的群山。

我正沉醉于这自然原始的漫山与荒野之中，回味着悠悠的岁月浸润过的茶山、村寨、灰瓦、炊烟……贪婪地沐浴着伴有淡淡茶香的清凉爽朗的山风。可能因为实在无聊，开车的那位当地的中年汉族师傅开始跟我闲聊了。

"这里侗族人的生活贫穷落后，主要是因为思想不开化，他们宁可祖祖辈辈就待在这深山不踏出一步，也要一家人死守在一起。唉！真是榆木疙瘩脑袋！活该受穷！"

我扭过了头，转向了车窗外，一个字也没接，心里念叨了一句："子非鱼，安知鱼之乐。"

在喧嚣世界的角落里宁静地守望着生活，尽管没有闪耀的万丈光芒，却是平静而满足的。三江侗族人珍视祖先生活过的土地，是因为他们没有被时间斑驳了记忆，是因为他们对往昔的岁月充满了敬意，对未来的生活充满了憧憬。

他们的生活不是一条苦旅，而是一片宁静、永恒的美景。

我愿如布央茶山的侗族人那般，用心把今后哪怕最平淡的日子，用清纯的茶浸出最有诗意的风情。

54. 德天瀑布的越南淡茶

从南宁到德天瀑布，是我遇到的最难走的一段路。

200多公里，全是只容两车交会的窄路面，还有无数山路、弯道，期间要穿行很多村落，路边还不时有羊群、牛群、鸭群，甚至还有在路中央悠闲地踱着步的大水牛，就连欢快的小鸟也不时从车前展翅飞过，毫无一丝羞涩。

但是沿途的各种景致却十分怡人。一会儿云雾缭绕，延绵群山如画，一会儿溪流清碧，竹林秀丽迷人，再过一会儿又是繁花点点，一路姹紫嫣红，还有我只在广西才见过的桉树林，茂密挺拔，直入云天。尤其是龙虎山那段路，更是出色。

途中遇到了几次拉桉树的卡车，艰难而缓慢地爬坡，道路狭窄没办法超车，只能慢慢地跟着，不过倒也不急，可以悠然欣赏车窗外的田园美景。这样的路，足足走了5个小时。

最美的景色总是藏在最深、最远的秘境，不肯轻易示人，德天瀑布隐于群山深处，河谷之源，多年不被世人熟知，今天见到它也实在不易。

德天瀑布，位于广西壮族自治区崇左市大新县中越边境的德天屯，被称为亚洲第一大跨国瀑布。

德天瀑布最震撼的是气势。行走在河谷中还未看到真容，远远就已听到了它巨大的轰鸣声，好似千军万马在奔腾驰骋。走近后更加气势磅礴，尤其是从旁边蜿蜒拾级而上，站在瀑布的顶端，看那曲折平缓的河流穿过密林，冲破已被冲刷得千姿百态的乱石群，从高山绝涧一泻而下、如落九天，水花飞溅、水雾蒙蒙，壮观而曼妙的景象让人叹为观止。

登上山冈远观却显秀丽而妩媚，如一幅南国风情的画卷，与相邻的越南板约瀑布好似相依相偎的两个清新脱俗的姐妹。

瀑布汇成的那条秀美质朴的涓涓之流叫"归春河"，就像一个从大山里走出的、未经任何粉饰的纯朴柔美的山妹子，沁人心脾，令人迷醉，美得不可方物。它也是中越两国的界河。

说到越南，说到界河，就不可能不提到那场中越之战，就是被称为中华人民共和国成立之后最残酷的战争——对越自卫反击战。据说，这里曾经就是战场，而且布满了各种危险可怕的地雷，夺去了很多人的肢体与生命。

从1979年到1990年，整整打了11年，记得当时我正好在部队，虽然距离中越前线很远，还是听到了很多悲壮、惨烈的故事。现在，我却更愿意讲一个发生在越南的关于"朋友"的故事。

美国发动的越南战争中，一次美军飞机轰炸后，孤儿院里一个女孩受了重伤，急需输血，但国际医疗队的血浆却没有了。

焦急的医生问周围其他的孩子："你们的朋友伤得特别重，需要你们为她输血。"

孩子们都点了点头，但没有一个人愿意走上前。

医生愣住了，她不理解为什么这些孩子不愿意输血救自己的朋友。因为平日里，他们都相依为命，如同家人。

"你们不愿意救她的命吗？"医生大声问着。

等了好久，终于看到一双小手缓缓地举了起来，但犹豫着又缩了回去，最后，终于高高地举起。是一个瘦弱的小男孩。

医生赶紧给那个小男孩抽血。

抽血过程中，那个小男孩紧张地看着粗粗的针头扎入自己的血管，血开始流进了针管。小男孩实在忍不住哭了起来。

后来，医生明白了缘由。原来孩子们以为医生要抽光他们的血才能救那个小女孩，就像那个献血的小男孩，他以为自己就快要死了。医生问那个越南小男孩："既然你以为抽完了血，你就会死去，为什么还愿意帮助她呢？"

小男孩这样回答她："因为她是我最好的朋友。"

曾为军人的我深知枪炮的坚硬与战争的冰冷，更知枪炮与战争中爱的弥足珍贵。

看着柔美而深情的德天瀑布，怎么也难以与血腥杀戮联系在一起。不过心里还是禁不住划过了一丝阴云，战争，真的是人世间最可怕的噩梦。

愿眼前的和平与宁静永远不要被枪炮声击碎。

中午就在德天瀑布旁吃午饭，价格不是很亲民，倒也可以接受。不知道餐厅里的到底是越南人还是中国人，不停地喊着："屋德、屋德"，一打听才知道原来是越南语，"喝酒"的意思。酒就算了，倒是可以尝尝越南的风味美食。

越南菜与我们南方少数民族的口味很近，"酿肉"什么的味道都比较重，我不是很喜欢。这虾肉卷甘蔗还是很有特点的，鲜爽、清香，尤其是吃完虾肉，咬一口甘蔗，流入口中的汁水温热而香甜。

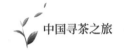

越南盛产咖啡，德天瀑布旁就有现场生产西贡咖啡的工厂，四下弥漫着烘焙咖啡豆的特殊香气。我总觉得咖啡的香气有股迷惑感，不仅有天使的味道，似乎也藏着魔鬼的气息。

试着尝了越南的国民饮料滴漏咖啡，感觉比以往喝过的咖啡滋味更浓郁，制作方法也很特别，是通过专门的滴漏壶一滴一滴，滴落在炼乳之上。

不过我还是喜欢茶。

越南也产茶，主要产花茶，越南的花茶，称为"农桑茶"。

农桑茶最大的特点是香，花香；其次是淡，味淡、色淡。

越南的农桑茶清凉消火，还可以制成凉爽的冰茶，非常适合处于高温多雨的热带季风气候的地区夏季解暑。

越南的农桑茶茶梗通常较粗老，感觉加工工艺也比较自然而原始，应该属于粗加工的茶类。通常都会加入大量的干花与香叶，喝起来花香四溢，颇具田园气息。

浓茶养精神，淡茶滤心尘。愿这清淡的越南农桑茶不仅能滤我心尘，更能洗去这世间所有穷兵黩武者的戾气。让这美得摄人魂魄的德天瀑布永远安宁、祥和。

相遇，就像从这归春河里捧起一捧清凉的河水，待河水在手心里暖了，再小心翼翼地放回到河里。

看着那河水慢慢随波而去，然后，无声离去，无须告别。

55. 黄姚古镇的茶酒

　　黄姚古镇，地属广西贺州，位于桂、粤、湘三省的交界。但我始终觉得，这里却更具湘西的风情。

　　黄姚古镇有湘西般的桥，不仅有上过中国最美乡村邮票的古桥——带龙桥，还有清嘉庆年间留下的古韵十足的石跳桥。

　　以往，都是在湘西见到这种石跳桥。让我记忆深刻的儿时热追的电视连续剧《乌龙山剿匪记》里就有这种跳桥。瞬间，年逾七旬仍追得上犬奔的老匪田大榜那阴险狡诈眯着眼的模样便浮现出来，还有心狠手辣但风姿绰约的女特务，四丫头，杀人不眨眼的钻山豹……此外，儿时电影《湘西剿匪记》中，那江上石跳桥的激战也是惊心动魄，让人过目难忘。

　　在我幼时的心里，似乎这石跳桥就与湘西的土匪有着几分难解难分的渊源。以至于在黄姚的石跳桥上，也会情不自禁地脱口而出一句："你个背时砍脑壳的！"

　　这到底是湘西，还是广西？

黄姚还有这种湘西常见的深巷。

巷道很狭窄，只容两个人并排走过，地上的石板路通常是湿漉漉的，还布着青苔。两侧斑驳的砖墙刻满了岁月的印记，让人心生平和的感动，一片灰色中，几个鲜红的灯笼又带来了人间烟火的温暖气息。

凝视片刻，仿佛巷里便走出了戴着头帕，系着蜡染围裙，背着竹背篓的湘西女子。背篓里还有个大胖娃娃，吮着自己的手指头，不时发出咯咯的笑声。

遇到这样的小巷，瞬间就能把所有的喧闹与不安都放在巷口，留在身后。然后，慢慢地走，让生活就这样慢慢地流淌，永远都没有尽头。

突然一阵噼噼啪啪的鞭炮声把我从梦中惊回到现实，紧接着便是金石般的唢呐与铜锣之音，原来是当地人娶媳妇。一片热闹之中还隐隐听得到花轿里新媳妇的哭声。

　　黄姚河里的石头也是如此的可人，色彩斑斓、清晰可见，在粼粼抖动的波光下灵气十足。这些石头的色彩好似是被它所看到的无数朝代发生的故事染的色，一层一层，不很艳丽夺目，但能抚慰人心。

　　这里都发生过什么？

　　俯下身子，静静地看着它们，轻轻地听，仿佛真的听到些隐藏在时光里的故事……

　　"慢慢吃，慢慢喝，月白风清好过河！醉时携手同归去，我当为你再唱歌！"

　　黄姚还有茶，这一点儿也不意外。

　　昭平银杉，一芽一叶，汤色嫩绿清亮，滋味鲜爽清香。

　　这南越之地的茶，颇有刀耕火种时代的遗风，饮之，好似回到了梦境中古越人的家园，听到了原始土著的铜鼓之音。

古镇的路多岔道，随性游荡着，最后竟误入一个没有出口的小巷。小巷的尽头有家小酒馆，酒馆的门口挂了一个古老的牌匾——"文魁"。

端详了许久，好喜欢虽有些残损但底蕴十足的这两个字，好似一片浓浓的书香扑面而来，对了，还有酒香。

天近黄昏，也有些饿了，便推门而入。今天的晚饭，就在这里吃了。

黄姚竟还有茶酿的酒，昭平茶酒。

既称茶酒，便以茶为酿酒的原料，先经制茶，再经发酵、蒸馏等制酒工艺制作而成。这茶酒，既有茶的清香，又有酒的醇香，清雅绵柔，饮后口中长留香甜。在黄姚，茶与酒这热烈与清宁，宏放与哲思的两物竟如此融合在了一起。

酒，实在是个神奇的东西。

燕人张飞酣饮，可豪气万丈，骑着乌骓马，挺着丈八蛇矛大喝一声："三姓家奴，我们来大战三百回合！"

诗仙李白畅饮，可"举杯邀明月，对影成三人"。

茶人饮了茶酒又当如何?

酒,有时候就是一种美丽的情怀,就是为自己偶尔的率真找一个借口,就是为释放一回真性情,找一座桥。都说在这个世界上做一回真实的人,是要付出代价的,很多时候,这代价还会非常昂贵甚至惨痛,所以在真实的面前,有无数的踌躇与犹豫,后悔与懊恼。就把这些全都融入一杯酒中,一饮而尽。如李白一般发出"且乐生前一杯酒,何须身后千载名"的仰天长啸。虽只是片刻间的豪气,也足以让自己吐出一腹的恶气。

原本对酒,我还是心存几分情结,2014 年查出心脏病后便不再轻易饮酒了。但今天,在黄姚,我偏偏就想醉一回。

黄姚还有非常有名的豆豉,以豆豉蒸河鱼,咸香而鲜嫩,实在是下酒的好料。

第一杯酒流过喉咙的时候,辛辣的感觉很刺激,同时伴着那热乎乎的感觉,一阵暖流缓缓流入丹田,然后散发到全身,很舒畅,很温热。

这种感觉很快就过去了。于是,便端起了第二杯。辛辣的感觉已没有刚才那么刺激,温热的感觉却柔和、延绵了很多,很舒缓,很受用。

第三杯,第四杯……一杯接着一杯。

微醺后,真的体会到了久违的那般舍我其谁的感觉,也可"笑杀陶渊明,不饮杯中酒"。

饮吧,醉吧,就让自己尽情地释放一回吧。

生命,不能总是忍耐。

生命,一定一定要快乐!

56. 海洋乡银杏林中的秋茶

到了 11 月下旬，总问：海洋乡的银杏叶黄了吗？

终于有一天，得到公司小朋友的消息：黄了。

周末便赶到了桂林的海洋乡。

　　刚到大庙塘村口，就被铺天盖地的绚烂金黄惊艳了，真的
是"满村尽带黄金甲"。村口一间红砖瓦舍映衬在那片金灿灿
的秋叶之中，静谧而安详，如同童话世界里的小木屋，不知道
名字的美丽精灵好像随时会推门而出，翩翩起舞。

　　四下里静悄悄的，空无一人，只有风吹落叶的声音。沙沙
的风告诉我，越宁静，越长远。

年轻时最爱春花，因姹紫嫣红，百色争艳；人到中年之后却喜秋叶，尤其是深秋的银杏叶，明黄绚烂，璀璨如晖。不过有时也会困惑，到底喜的是银杏的叶还是树？

叶落知秋，铺满落叶的土地黄绿相间，煞是好看，踏上去非常松软，像踩在厚厚的地毯上，心，也随之柔软起来。

那叶片就像一把把描金的小蒲扇，色彩艳丽，精致可人，让人心生一片惜爱。叶子也在目光的注视下，更加妩媚起来。

一阵有些寒意的秋风无意间吹过，我萧瑟地拢起了身体，那银杏树却好似更加挺拔了身躯，任身上片片金黄的秋叶随风而落，即使自己都快成了光秃秃的枝干似乎也毫不疼惜，仍然平静地自语：离去就离去吧，既然留不住，又何必挽留。

但是，银杏树真的这么想吗？冬天就要来了，那叶子又能飘多远？怎么可能随风飘到温暖的海边。

那金色的叶子落得好快，成片成片地纷纷落下，挂在枝上的也摇摇欲坠，对树没有任何眷恋。落下时发出啪嗒啪嗒的声音，且是飞舞而下，婀娜摇曳，演绎着自己最后的舞姿，虽风情迷人，但尤感冷落。

落下的叶子没舞多远便落到了地上，再也舞不动了，只能无奈地伏在树的脚下。再回想起刚才的飘落，如同断了线的风筝，从此无依无靠，无根无源。生命中的人，不也是这样吗？该走的走了，该留的留了，走的，也许从未走远，就像落叶；留的，还在原地，却未丧失一丁点儿骄傲的神情与气势。

走过千山万水的我知道，离开亲人之后的滋味有多苦。

银杏树，用她坚定的双手捧上了一个美丽但又惨烈的秋天，而那金黄的落叶只能得到片刻的华丽启幕，不久必会随着来临的冬天而归于尘土，从此，只能在泥土中扬起头看着自己曾经的家。它后悔了吗？不知道，反正它已不可能说出口了。

突然觉得不再那么爱秋叶了,这深秋也感觉冷了些许。

离开前,在村口喝了一碗当地的桃胶白果糖水,村里细心的大妈还在上面撒了些桂花,很甜,很暖,但是我的心却依然有些冷,有些疼。

银杏叶,还可制成银杏茶。

银杏茶,具有很高的医用价值,可活血化瘀,通络止痛。止咳平喘,降压降脂。不过银杏叶可不能直接拿来当茶品饮,必须经过专业的加工后才可饮用。

银杏茶口感有些微微的苦涩,这苦,隐着秋的苦,这涩,含着无法启口的涩。秋天的茶,原来是苦涩的思念之茶。

喝下最后一口苦涩的秋茶,转身准备离开了。回头又看了一眼这个金色的晚秋,呢喃了一句:"秋未尽,情未央。"

突然发现,银杏树落泪了,我,也落泪了。

57. 骑楼老街骑士梦里的茶

　　海口我并不十分熟悉，以往到海南度假都是在三亚。这次偶然在海口停留了一天一夜，偶然遇到了骑楼，遇到了鹧鸪茶。

　　遇到骑楼纯属意外。

　　到了海口，暴雨！是那种就好似有人在天上用大盆倾倒般的暴雨，连眼睛都睁不开。浑身淋透，狼狈不堪的我下了大巴顾不得挑选，直接就冲进了旁边一家酒店。洗了澡，换了干净衣服，这时雨停了，天也已经黑了，闲暇的我出了酒店的门。

　　这是哪儿？好似文艺复兴时代的意大利？更像黑暗时代的古罗马？有点诡异。

　　我还是第一次见到欧式风情如此浓郁的古街。

　　首先带给我的是历史的沧桑感。

　　黑暗中，那些紧挨着的布满了灰色烙印的楼阁就像一个个历经了风雨沧桑的世纪老人，安静祥和，却诱着你想去探寻他们曾经发生的故事与流淌的时光。

　　历史是最能震撼人灵魂的东西，因为它有历经岁月浸染形成的自然而然的凝重积淀，以及不慌不忙地独自散发的悠悠芬芳。浮华落尽并非全都成了过眼烟云，回眸凝望，恍惚中那些背影依然轻诵低吟，这便是历史的味道。站在雨后清寂的老街边，禁不住让人流连徜徉，细细体会，几近潸然泪下。

为什么会流泪？因为沧桑带给你的不是瞬间的悸动，而是一种逐渐加深、加剧的对灵魂的触动，一下比一下强烈，一层比一层深入，直到探入你心底最柔软的部分，触到你独自隐藏着的最痛的记忆，然后便勾起你全部的伤感，让你无法躲避，并心甘情愿地走近沧桑，触摸沧桑，融入沧桑。

还有，就是旧。大多楼的外墙布满了厚厚的青苔，雕刻的砖花斑驳陆离，有些楼还有着明显的裂缝，但这种旧的感觉却一点儿都不显得破败、褴褛、满目疮痍，而是旧得安然妥当。那是时光留下的一种自然老去的感觉，被岁月洗去了所有的浮夸与造作，生硬与艳丽，只留下了亲切与祥和。尤其在黄昏下，这种时代感的旧，像个戴着老花镜安然地看着报纸的老奶奶，你都能嗅得到老人身上那独有的慈祥的味道，让人心生亲近，只想俯身膝下，感受余温。

这条老街，就像一本越读越有味道，并勾着你一直读下去的书。拐弯处正好有一个安静的书店，推门而入，小坐片刻。

　　我确定，这是一条我喜欢的老街。

　　后来才知道，这是海口古老的骑楼老街。为什么从前没有听说过？或许以前尚无缘分。缘分，就是未到之时无论怎样求也求不来，到了躲也躲不开。意外的相遇，也是触情的邂逅。

　　第二天，用心品读。

　　这种骑楼在广东经常遇到，但如此集中，如此大的规模，如此精美的骑楼群却实属罕见。

　　海口的骑楼是 20 世纪初大批从南洋归来的华侨依据当时的南洋建筑风格所建，已有 100 多年的历史，浓缩着海口百年的记忆。现在的海口这样的骑楼共有 600 多幢。

　　这些骑楼有大量欧式复古精美的雕塑，色彩奔放的装饰，巴洛克味道十足，让人浮想联翩：庄重、斑驳、昏暗、神秘的教堂、修道院、宫殿、城堡，还有配着锋利刀剑，骑着高头大马，目光冷峻、威风凛凛的欧洲中世纪的骑士。

　　我是个内心有着浓烈骑士情结的人，尤其是崇尚骑士那颗纯净而高贵的心。在我的潜意识里，真正的骑士就是在需要你不计得失挺身而出时，你能毫不犹豫地站起来，在被压得透不过气的凝重中目不斜视地走过去，拔剑决斗，视死如归。

　　成就一个英雄，有时就是一秒钟、一瞬间的事。

　　就像黑暗时代大不列颠的亚瑟王，珍惜众人的生命更甚于自己，为了自由选择挺身而战，胜利时为自由而干杯。即使为自由的意志而牺牲也毫不畏惧，因为坚信，死去的骑士会变成奔腾的骏马，一样能获得自由的灵魂。

　　可能强壮类型的男人都会有这种骑士情结吧，依靠自己的一腔热血、一身正气、魁梧身躯与寒光闪闪的刀剑主持正义，那感觉如同从迷雾重重的森林里走出来的一个神一样的救世主，要多凛然就有多凛然！要多霸气就有多霸气！

　　听着！我能被夺走一切，但是，除了我的骑士魂魄！

　　做男人真好！因为男人能自豪地崇尚武力，而永远不必去向谁示弱。这应该算是男人拥有的特权吧！我承认自己颇有些大男子主义，这一点很不招女性待见，但我还是愿意用我自己理解的方式圆我那绰约激荡的骑士梦。

　　骑楼老街也有一些中国传统的风情与韵味。

　　形态各异、闲适古朴的女儿墙、露台、窗棂都融合着中国传统文化元素：梅兰竹菊、福禄寿喜。看来，这是建造者有意为之。应该是那些流落异国归来的华侨在表达着自己拳拳的思乡之情。

　　做完我的骑士梦，还是要去喝海南的茶。

　　在骑楼遇到了海南一款特别的茶——鹧鸪茶。

原来喝过海南苦得要命的苦丁茶、风味独特的参茶兰贵人，这鹧鸪茶还是第一次遇到。

鹧鸪茶，是海南独有的一种特殊的野生茶。纯手工制作的茶球，比起以往喝的白茶、红茶、普洱做的球状茶要大很多，甚至比小青柑还要大。

鹧鸪茶只经过了原始加工，不像其他茶类有杀青等工序，属于毛茶。鹧鸪茶的茶叶也特别大，冲泡后如同大片的树叶，汤色清澈透亮，品着有股特殊的药香，口味甘甜，余香无穷。

鹧鸪茶具有清热解渴、消食利胆的作用，被海南人赞誉为"灵芝草"。

人生中有些东西是生活，有些东西却是生命，比如骑士梦就是男人生命中不可或缺的骨血，感动自己、鼓励自己，并让自己始终抬起高傲头颅的生命之源。

喝了鹧鸪茶，做了骑士梦，继续出发。

58. 被大海**拥**抱的茶

大海的一天，是送给妻的"六一"礼物。

无论年龄多大，女人都有一颗"少女心"，且伴随一生。

妻喜欢海，她说喜欢那种被大海包围的感觉，好像被无尽的爱拥抱着。

黄昏，被温暖拥抱着。太阳一点点走向海平面，天空都被染成了温暖的绯红色，那绯红愈来愈浓，愈来愈烈。直到夕阳彻底地沉入大海，只留下海边的霞绾云绚，漫天的霞思云想。

该入眠了，睁眼大海，闭眼波涛，连空气中都是海味儿，感觉就像枕着海浪在睡觉；感觉这里是距离天堂最近的地方。

"不对！"妻说，"这里就是天堂。"

清晨，被清新拥抱着。站在阳台上，沐浴着温馨的晨曦，好像挂在脖子上的毛巾都充满了阳光的香气。

好想和海子一样，大喊一句："我有一所房子，面向大海，春暖花开。"

我和妻都在寒冷的西北长大，对海有着格外的憧憬，尤其喜欢海的味道。站在崖顶，妻闭上眼睛深深地嗅着，仿佛要把这海的气息嗅入身体的最深处。

"谢谢你的礼物，明年我还要过'六一'，而且一直要过到我老得走不动为止。"

"走不动，我就背着你过。"

"别吹牛了，等我走不动的时候，你早就躺在床上站不起来了。我看，那时候得我用轮椅推着你了。"

我想，那也是温暖的一幕。

礼物真正的意义，不是纪念某个节日或纪念日，而是告诉收到礼物的人：你被爱着。

在海边也可以被茶拥抱着，海南岛独有的茶——兰贵人。略显拙笨的外形不像中国传统茶的模样，是以五指山的绿茶为原料，添加了海南的香草兰和花旗参制作成的一种独特的茶。

"喝了兰贵人，我就是慈禧太后啦！好好伺候着。"

这会儿，少女又变太后了！不仅有兰贵人，还有各种新鲜水果。杧果、椰子都是伸手可摘，妻说得没错，真的是天堂！

终于折腾累了，妻带着儿子小憩一会儿。

我独自一人坐在海边，突然冒出了些许莫名的怅然。

看着沧海茫茫，潮起潮落，最大的感觉是无奈。

一浪起，你阻挡不了浪的前进；一浪落，你追逐不上浪的背影。面对浪潮，你只能静静地坐着，看着……看着它任意地起起落落，如同生命的来来去去。

在世事无常的世界里，感谢老天让我拥有了曾经的49年的岁月，让我拥有了幸福的现在，这是何等的幸运！感谢之余，也不断提醒自己，珍惜余下的或长或短的韶华。

听说，多愁善感，通常是因为缺乏安全感，我觉得有几分道理。人人都会有阶段性的心理危机，这是不可避免的，好在我是个能很快调整好心境的人。

就要离开大海了。

突然发现，大海最美的不仅是海浪、落日，还有我们一起坐看海浪、落日的那块高耸的岩石。它屹立千年，无声无息，明年再来，它肯定还在那儿，后年、大后年再来，它也一定在那儿，似乎在帮着我留下生命的印记与爱的余温。

59. 广州清早其乐融融的茶

与妻发生了一次严重的争执，双方各执一词，互不相让，结果我摔门而出。尽管夫妻间的矛盾是无法避免的，这一幕也时常发生，但这次的确是她的错，这次我实在是忍不住了。

夫妻之间想长相厮守好像除了"忍"之外没有什么秘诀，不仅要"忍"，还得"一忍再忍"，唯一不能出现的就是"忍无可忍"。

站在大街上，一时间不知道该去哪儿，索性打了辆车直接到了机场。我告诉自己，最近的一班航班，就是我的目的地，结果是广州。

每次到广州似乎都是这个时间，下午 6 点多钟。

广州的街道上弥漫着的餐厨味道非常独特，与每个城市都不一样，哪怕闭上眼睛，轻轻一嗅，就知道这里是广州。

实在没什么心思，随便找了个宾馆，蒙头就睡。

第二天很早就醒了。

一醒来，还处于懵懂之中的我竟不知身在何处，缓了几秒才搞明白自己原来在广州，才想起昨天发生的事。

唉！怎么会这样？但转念一想，既然已经如此，就权且都暂时放下，感受一下广州的生活吧。

对于广州，我最喜欢的是早茶。

天还很早，广州人就几代同堂或三五知己相约来到了茶楼"叹早茶"。"叹"在广东话里是享受的意思，广东早茶的确是一种消遣与享受。

广东早茶源于清代，有着悠久的历史渊源，其中省会广州尤为盛行，已发展成为当地一种著名的传统生活方式，现已走出广州，延伸到了全国的很多地方。我曾经在重庆解放碑的一家酒店品过广东早茶，味道还算正宗。

广州的茶楼与四川、重庆的茶馆不同。首先从名称上看，一个是"茶楼"，一个是"茶馆"，就可一窥端倪。重庆的茶馆，如介绍过的交通茶馆是保持着自然的原始风貌，质朴而简单。而广州茶楼的富贵气息较重，一般都是三四层楼，底层的大厅通常高六七米，装修得富丽堂皇。茶楼内有包厢、雅座，有富丽堂皇的大堂，还有别致典雅的中厅。

在广州享受早茶的目的也各不相同。其中，很多人是出于休闲消遣的目的，就是把早茶当作一种享受的生活方式；还有相当一部分人把早茶当作商务社交的手段，称为"请早茶"；当然，最多的还是把早茶当作家人团聚的媒介，就是为了享受祖孙几代其乐融融的天伦之乐。

以前，广州当地的朋友请我"叹"过很多次早茶，所以，对其中的讲究略知一二，于是要了一壶广东早茶中最常见的茶品——乌龙茶，还点了两件颇具广东地域代表性的点心，这是早茶中标准的"一盅两件"。

我对广州早茶的理解有些粗陋，认为广州早茶不是以饮茶为主，主要是吃早餐。其中，我最喜欢的是叉烧包与虾饺。

风扫残云般叉烧包与虾饺就下了肚，但对我这个胃口一贯很好的北方人来说竟没有什么反应，看来所谓的"一盅两件"完全不适合我。顾不了周围的人怎样看待我夸张的吃相，肠粉、蒸排骨、奶黄包，吃了一个遍，临末了还来了盘牛百叶。

太过瘾了！

早茶，当然离不开茶。今天我点的是广东当地的乌龙茶——"包种茶"，因为用纸包成四方形而得名。这是一种早年常用的包装方法，颇能唤起对旧时光的无限温暖回忆。

广东的包种茶是一种半发酵茶，我直接叫它广东乌龙茶。

这种茶的发酵程度较低，所以看起来依然是碧绿如绿茶，但茶汤却呈蜜黄色，滋味甘醇，既有绿茶的清香，又有红茶的甜香，但又不同于凤凰单丛的焙香，特点很鲜明。

茶足饭饱后，开始看着周围一家家团圆幸福的温馨画面，原来广东早茶喝的就是这其乐融融的温暖。突然开始很想家。刚才还独自盘算着这几天去汕头、潮州散散心，顺便品品潮汕工夫茶，这会儿却只想回家。

什么是幸福？就是与亲人重复那些最平凡、最普通的事。一起做饭，一起聊天，一起看电影，一起去旅行，一起赏暮云晨光……我想念这幸福，想重复这幸福。

夫妻之间的对与错真的很重要吗？答案肯定是否定的。

想起了一句话："夫妻间发生矛盾，先认错的不是因为错，而是因为珍惜。"记得前段时间热播的电视剧《冰山上的来客》里有这样一句塔吉克的谚语："认错是一件很愉快的事儿。"

我决定向妻认错，于是，便拿出了手机。踌躇了一会儿，拨通了妻的电话。

"什么事儿？"电话里传来妻冷冷的腔调。

"还生气呢？"我试图缓和一下彼此紧张的气氛。

"你抬脚就走，还一夜不归。这日子是不是不想过了！"妻丝毫没有缓和的意思，语气更加咄咄逼人。

"过！必须过，还必须和你过。"我耍起了无赖。

还能说什么呢？生活对于每个人而言都已经很不容易了，还是彼此简单些吧。此时唯一该做的是订今天的回程票，千万别像刘若英唱的那样："如果当时我们能不那么倔强，现在也不那么遗憾。"因为"有些人，一旦错过就不在……"

过了一会儿，收到妻发来的微信："把航班信息发我，我去机场接你。"

有人牵挂，就是最温暖的幸福。

其实身在职场，感觉就像随风飘荡的风筝。有时候，突然就断了线，摇落而下。却没有跌落尘土，因为，有她。不知她哪儿来的力气，竟然能接住落下的我，让我能歇一歇。等养好了伤，蓄足了精神，我又头也不回地飞去了。而她，就停在原地看着我，等着我。

临上飞机还不忘给同样爱喝茶的妻带些包种茶，哎！生活就像人们常说的那样："夫妻之间不是不吵架，而是吵了架之后还能像夫妻一样继续生活。"

其实，爱就像一团篝火，点燃它非常容易，但要让它一直燃烧下去，就需要你不断地为它添柴，让它始终能燃着，温暖你漫漫的寒夜。其实爱，就是用自己的心去温暖另一颗心。

惭愧。

60. 潮州礼待君子的茶

　　潮州之人自古嗜茶若命，在潮州习惯把茶称为"茶米"，就是把茶与米并列为生活中最重要的两个内容。在潮州，无论聚会宴请，闲暇适居，花前月下，黄昏院落，甚至路边溪旁，篱前树下，工夫茶都随时随处可见，听说潮州人甚至一边开车，一边都在泡工夫茶。

　　我总觉得潮州不是广东之地，似乎更像福建。

　　现在的妻对民宿已然上了瘾，到了潮州，依然如此。

一条略显昏暗、悠长的小径，里面却是别有洞天。尤其令人惊喜的是屋顶竟有一个别致的小茶室。

入夜，徐徐的微风下稍稍有些凉意，一壶略带烘焙味儿的凤凰单丛，浅酌一口，真的能体味到"知言无语，如是人生"。

凤凰单丛，产于潮州凤凰镇，因凤凰山而得名。此茶条索粗壮，匀整挺直，色泽黄褐，油润有光；冲泡清香持久，滋味浓醇鲜爽，润喉回甘，具有独特的山韵。

凤凰单丛最大的特点是香，有蜜兰香、黄栀香、芝兰香、桂花香等多种香型，我选了自己最喜欢的鸭屎香。

"鸭屎香？听着好恶心！"妻之前没有接触过凤凰单丛。

"咖啡有猫屎咖啡，茶就有鸭屎茶，相得益彰嘛。"

鸭屎香因种植于黄色如鸭屎般的土壤而得名，倒不像猫屎咖啡那样真的与"屎"有什么关系。

听说潮州人自己也觉得"鸭屎"二字有欠高雅，曾改名为"银花香"，但老茶客们并不买账，依然称之为"鸭屎香"。

鸭屎香最大的特点就是耐泡。茶客常言绿茶泡三四道，红茶泡四五道，乌龙七泡有余香，据说鸭屎香可泡十道。勉为其难地尝了之后，颇感意外的妻赞不绝口。

潮汕工夫茶，是广东潮州、汕头、揭阳等地区特有的一种传统饮茶习俗，也是中国颇具代表性的一种茶艺、茶文化。

潮州工夫茶中的"工夫"，是指潮州人对精美茶叶选择的工夫、考究茶具的使用工夫、优雅的冲泡与品评工夫，茶道的礼仪习俗工夫等，全面、综合的茶"工夫"。说得直接一点儿，潮州工夫茶就是费"工夫"喝茶。

为何如此之"费"？皆因一个"礼"字。

潮州工夫茶很多讲究都映衬着"礼"。如主人须亲自动手冲泡以表达敬意；茶汤要浓，在潮州人看来茶汤酽得要像酱油一般才能够充分体现对客人的尊重；如品茶期间又来了其他的客人，必须换掉茶叶重新冲泡，否则，会认为是对客人的怠慢。

品茶更是件讲究的事。潮州人品茶要分成三口：一口啜，二口品，三口回味，直到充分感受了茶香，才能喝进肚子。

为何三口？潮州人说，因为"品"字是由三个"口"组成的，没办法，老祖宗传下的规矩，这叫"礼数"。

我对潮州工夫茶的理解是四个字：礼待君子。

关于礼，从潮州著名的牌坊也可体会。

潮州著名的牌坊街，那牌坊比我想象的高大，很有气势。

牌坊，是封建社会为表彰功勋、科第、德政以及忠孝节义而设立的一种特殊的建筑物。牌坊，体现的就是对德能之人的最高礼遇，万众敬仰，流芳百世。

儒家自古倡导"曰仁义，礼智信。此五常，不容紊。""仁生义，义生礼。"由此可知，"礼"是"仁义"的集中表现形式。

每到一处，必试当地小吃，就是为了体验那些没有体会过的感受，因为地方小吃也是一种历史与文化的传承。说实话，由于地域与传统的差异，很多地方的特色小吃，确实只是浅尝而已，并不真心地喜欢，没想到潮州的小吃很合我的味蕾。

杏仁茶与芝麻茶的味道很纯粹，制作很用心，尤其是上面撒了些精致的花粉，充分体现了对食客们的在意与礼遇。即使是平时我很不习惯的薄荷叶，也能与其他食材巧妙结合，融合出了一种清爽但毫无刺激的口感。

潮州是牛丸的故乡，这里的牛丸都是手工打制，很筋道。都说潮州人吃饭从不将就，果然如此。配些潮州独有的腐乳饼别有一番滋味。

　　终于熬到了凌晨，妻已熟睡了。早有预谋的我悄悄从床上爬了起来，蹑手蹑脚地从卫生间偷出了妻晚上给我洗的裤子，没干，仍然是湿漉漉的。顾不了那么多，就这样吧。

　　穿上衣裤，我像个毛贼一般溜出了客栈。

　　果然如我所料，大街上依然灯火通明，热闹非凡。

　　我就是想偷吃一碗潮州的牛杂粉而已，还必须是加辣的，不然这一宿定是夜不能寐。已有段时间了，妻的胃一直不好，她主动忍痛戒了夜宵，但同时也严令我每晚10点以后不得吃任何夜宵。可那潮州的牛杂粉却是我的最爱啊！

　　在苍蝇摊子饱餐一顿，过足了瘾，像个幽灵般溜了回去。

　　黑暗中，妻似乎听到了动静，呢喃着翻了个身，继续睡了。暗自窃喜之余忽然萌生出愧疚之感。我这样做算不算有违礼义廉耻？转头一想，哪有这样给自己"上纲上线"的道理！

　　人生得意须尽欢嘛！何况一碗牛杂粉！

　　心满意足，呼呼大睡。

61. 湛江南海边祈福的茶

2018 年，怎么了？

还没从"咏哥"突然离世的噩耗中反应过来，又惊闻武侠小说泰斗金庸大侠也在 2018 年 10 月 30 日飘然仙逝。

"飞雪连天射白鹿，笑书神侠倚碧鸳。"

就是这位大侠，曾在我们这些"60"后、"70"后的心里，编织了多少神秘莫测的武侠梦，在梦里不仅有盖世神功、刀光剑影，更有儿女情长、悱恻缠绵。

"靖哥哥，我死后你要答应我三件事：一，我允许你为我难过一阵子，但是不允许你永远为我难过；二，我允许你再找一个妻子，但她必须是华筝，因为她真心地爱你；三，我允许你来拜祭我，但不能带着华筝来，因为我毕竟还是很小气。"

在我们还是懵懂少年之时，多少次闭着眼睛把自己想象成《射雕英雄传》里的靖哥哥，伴着他心爱的蓉妹妹，仗着天下无敌的降龙十八掌驰骋江湖，行侠四方。

"你样样都好，样样比她强。你只有一个缺点，你不是她。"而《天龙八部》中乔峰对阿紫说的这番话，更是把侠骨柔情演绎得入木三分。

情不知所起，一往情深。恨不知所终，一笑而泯。

2018 年的噩耗还是不愿停下来。平日里如黄蓉般古灵精

怪、不知烦恼的妻竟意外被诊断为胃癌。

叶落知秋岁已半，人谚天命到中年。一直想着携子之手，从曾经怦然心动的一瞬间，白首偕老到世界停止的最后一刻，一起历经人间冷暖，尝遍酸甜苦辣，暖暖地享受一起慢慢变老的浪漫，可万万没想到……

伤心之余不禁又想起《神雕侠侣》中的一番话："你瞧这些白云聚了又散，散了又聚，人生离合，亦复如斯。"

这天，妻突然提出想离开天寒地冻的大西北，带着年幼的儿子去温暖的南方生活，这是她多年来的夙愿，我立刻同意。原本我喜欢诗情画意的烟雨江南，总认为清新婉约的人文环境是疗病最好的良药，妻子却想去海边，好吧，一切由你。

家中挂起了中国地图，妻认真地看着、想着，最后，地理常识历来很差的她选择了中国陆地的最南端——湛江。

与爱妻背起行囊说走就走，早已见怪不怪。无数山川河流被我们的脚步踏遍，往事历历在目，恍如昨日。即使风餐露宿，浪迹天涯，也永远像这两个茶杯，相依相伴，形影不离。

以后能彼此牵着手的路，还有多长？

我不敢往下想。

开往湛江的动车上，妻缩成了一团昏昏沉沉地睡着，就像一只受伤的小猫。

曾经历过生死的我知道，极度恐惧的人总感觉异常疲惫，那是因为恐惧使肌体一直处于严重透支的状态。此时此刻妻的内心一定充满了恐惧与不安，但是，我却无能为力。如果老天能让我代替她，我定会毫不犹豫，但一向自认无所不能的我，现在唯一能做的就是好好珍惜现在，因为世界实在是太大了，下辈子不知道还能否再一次遇见。

车窗外正下着蒙蒙细雨，雨水如细针般无声无息地浸润在车窗上，慢慢地汇集成一条条细细的雨线，潺潺地流下，仿佛流进了我的心里，清凌而苦涩，四下里弥漫的都是哀怨与愁苦的气息，莫非下的是苦雨？似乎真能闻得到如苦杏仁般的味道。

我的眼角始终湿润，尽管知道此时的我应该无比的坚强，但就是控制不住自己的情绪。只有我自己一个人清楚，那表面看似无比坚硬的铠甲其实真的不堪一击。还好，妻始终睡着。轻轻握住妻纤细的手，好凉，甚至有些冰。

我总觉得每个人一生中不一定都会幸运地遇到能让自己从心灵深处去深爱一生的人，这是一件依缘可遇而不可求的事，有"缘"真的不易。如果能一世姻缘，白头偕老，有"分"就更加不易。那种刹那间如林清玄说的"白蝴蝶"与"白纸片"的那般激情，自然不值一提。但我很确定，我遇到了那个人，并成了我的妻子。我还无比坚定，这世间只有这一个她，独一无二。但如今，却被蒙上了一层黯淡。

中国寻茶之旅

虽然我祖籍广东，少年时代也曾在广东生活过一段时间，但并不了解湛江，甚至一次都没有来过，只知道在雷州半岛，与海南隔海相望。到了，我发现湛江真的是一个宜居的所在。

碧海蓝天的金沙湾虽不及天涯海角那般名闻遐迩，但宁静而惬意，更像是自家的后花园。就像《外婆的澎湖湾》里唱的那样："阳光、沙滩、海浪、仙人掌，还有一位老船长……"

忽问自己：何为永远？答案：就是现在。

妻尤其喜欢这里的海滨小路，虽不宽阔，但与以往生活的北方城市的林荫道还是有不同的风情。偷偷看了眼身边的妻，脑海里涌出了沈从文的那句："我们相爱一生，一生还是太短。"

随处可见的街景古树参天，生机盎然。

即使在海边看小螃蟹挖洞都是件有趣的事儿。

很快，我们找到了妻中意的一套房子。33 层，视线很好，窗外就是蜿蜒绵长的广州湾，雾霭中若隐若现的海湾大桥犹如一把巨大的竖琴，站在窗前，仿佛伸手就能抚弄那琴弦。

我想为她深情地演奏一曲《愿世界对你温柔相待》。

回到宾馆，累了的妻没多久就入睡了。

这段时间很少看到她安安稳稳地睡个好觉，看着她熟睡的样子，我的心稍稍定了些。轻轻溜到了平台上的茶几旁坐下，沏了一壶茶。白天我不敢喝茶，因她也酷爱喝茶，但现在的她已被明令禁止喝茶，我怕刺激她敏感的神经。别说当着她的面喝茶，就连提都不敢提及一个"茶"字。

广东的英红九号，是款很暖很暖的茶，暖身、暖心、暖情。但此时品着，在我的口中，却变成了绵绵的哀愁的滋味。

扭过头看看裹得严严实实的熟睡的妻，似乎还有些微微的颤抖。我也曾直面过这种心境，白天在人前能做到潇潇洒洒，似乎真的无所畏惧，而到了夜深人静的时候，所有的恐惧都如鬼魅般从所有阴暗的角落里悄无声息且无法阻挡地弥漫出来，围绕着你，纠缠着你，让你无处可逃，无处藏身。

举起茶杯，对着南海朗朗的夜空，我默默地祈祷着，相信南海的观音菩萨定能听到我的祈祷，一定会保佑她健康起来。因为我从未如此的虔诚。

轻轻走到她的床头，想看她一会儿再睡。自从知道她得病以来，不知不觉有了这习惯，总喜欢在她睡着了以后看她睡觉的样子，总是看不够。说句不吉利的话，似乎生怕不曾告别，这一眼就成了最后一眼。意外地发现，把脸深埋在被子里的她竟在默默地流泪，不知道是醒了，还是压根儿就没有睡。

我躺在她的身边，发现她的被子已湿了一大片，抱起她娇小的、瑟瑟发抖的身体，心里一遍遍告诉自己：不管今后怎样负重，我要做的就是不让她面对黑暗，要挺起身躯把黑暗全都挡在她看不见的地方。因为我知道，那黑暗有多可怕。

我没有能力给你世界上最好的东西，但一定会把我最好的东西全都给你。

因为工作，我必须要赶回新疆，暂时和妻分开五天，此时懂得了"把一天当作一生来过"的感觉。妻在机场送我。很久没有这样伤感地与妻别离，她送我，我送她，来来回回好几回，最后，在我的坚持下，还是我站在原地看着她离开。

几乎是三五步妻就会回头挥手与我告别，好想留下陪她，而且我知道，她也一样好想我能留在她的身边片刻也不离开，那句话几乎要脱口而出了。但我知道，不行，我必须要离开，尤其是在目前这种状况下，我更需要努力工作维持这个家。

此时此刻，我终于明白了《大话西游》里至尊宝的感受：不戴金箍如何救你，戴了金箍如何爱你。眼前出现了齐天大圣孤寂而无奈地背对着紫霞仙子的一幕。

我现在必须做那踩着七彩祥云的"盖世英雄"！

妻的背影终于消失在了拐弯处，我强忍着的泪水再也控制不住，瞬间夺眶而出，快50岁的我，根本忘记了此刻自己正置身于熙熙攘攘的广州机场。

回过头看到了路边这样一行字：陪你路过这个世界。

下了飞机，浑浑噩噩地顺着人流朝外走着，突然眼前浮现出了以往妻接我的场景。原来每次去外地回来，下了飞机远远就能看见妻领着儿子迎着拥挤的人流走向我，他们两个在逆向的人流中显得那么脆弱与渺小。每次我都会朝着他们喊一句："站着，别动！"然后，心里涌出延绵不断的幸福。

所谓的幸福与温暖，就是有人逆着人群走向你。

人生可以失去很多东西，唯独不能失去的是希望，我相信，只要我们的心里还有希望，生命就会生生不息。

情不知所起，一往情深，生者可以死，死者可以生。

心潮澎湃中，突然在人群里发现了儿子，原来是姥姥带他来接我。

一看到我，儿子夸张地咧开嘴笑着跑向了我。

当我蹲下来想抱他的时候，他竟意外地拍了拍我的肩膀，一副大人的口吻："你的老婆呢？怎么没跟你一起回来？"

"她在给你买新房子，一推开窗就能看到大海的房子。"

"真的！"儿子顷刻间兴奋不已。

转过头，我有些哽咽地偷偷在心里对妻说道："老婆，我们的儿子长大了！"

62. 海岛开启新生命的茶

　　我们眷恋海岛，其实是眷恋它带给我们的空间感，有种被揽入怀中的甜暖，却也有足够释放的自由，不会觉得禁锢。

　　每个人都应拥有属于自己的生命空间，且这个空间一定要适合自己。所谓适合就是对你而言不能太大，太大，你会失去掌控，会迷失自己，就像穿了一双大于你尺码的鞋子，不可能轻快地走向远方；不能太小，太小，你会被紧紧地束缚，无法舒展，就像穿了一件勉强才扣得上纽扣的衣服，别说张开怀抱，就连呼吸都成了困难。

　　在涠洲岛，最让我欣喜的是凝视海边泊着的那些渔船。

　　近了黄昏，渔家独有的炊烟及饭香在船间飘散着，一家家围坐船头吃着简单但温暖的饭菜，聊着家常，这一幕让人心底顿生无限祥和与安宁。

一想到他们享完了天伦，便听着海浪的吟唱声安然入眠，更是羡慕，甚至还有些嫉妒。

与自然相处、与亲人相处是最原始而和谐的幸福。

此时，想起了汪国真的两句诗："看海与出海是两种不同的人生境界。一种是把眼睛给了海，一种是把生命给了海。"

那我的生命给了谁呢？

我自诩是一个有几分情怀的人，始终都在刻意保留着内心那一份只属于自己的纯粹与简单，用很多人看来冥顽不化的目光看待着这丝毫不纯粹的世界，并与这个丝毫不简单的世界坦然相处，从不愿放弃自己的初心与真心。

像我这样一个不喜附和、不屑阿谀的人；知之不如好之，好之不如乐之的人，在职场之上必然是一个所谓的庸者。但我始终不以为然，甚至还有些沾沾自喜，因为这恰好是我最珍惜自己的地方。

这么多年来，唯利是图的氛围就像温水煮青蛙，在不断地麻痹着我的感知。实在担心自己会麻木地不知不觉融入人云亦云中，最后彻底沦陷，这比被所谓的世故击倒更加可怕。感觉就像冷暴力，虽没有血腥与杀戮，但一样是凌迟处死，倒不如伸出脖子痛痛快快地来一刀！我可是死过一回的人了，对死，已无所畏惧了。对生，倒是更加珍惜。

关于"死过一回"，不想细说，毕竟我是凡夫俗子，不愿一次次面对或回忆"死"的感觉。但对于"死过一回"的经历，真的心存感激。因为从"那一回"起，我无比清晰地知道了，我该怎样"生"，包括该怎样"生活"，更重要的是该怎样面对"生命"，珍惜"生命"。

对于死，也真的醒悟与洒脱了。

死，是这个世界上的每个人最公平公正的归宿，绝对天公地道。而且死，一点儿都不会孤单，全世界的人都会与你同行，不过是早晚、先后而已。所以，活着就真实地去活，死去就安心地去死。

只要快乐地生，死又何所惧呢？

在岛上，偶读林清玄的《愿做自由花》。

"经过中部大平原，突然看见在稻田中有一大片金黄色的花，在阳光中格外耀眼，停了车，从田埂走到花中，仿佛走近一个金色的梦。

"站在田间面对这一片青花菜的黄花，思索着它被留下来的理由……还有可能是菜价低贱，农夫懒得收而任其开花怒放。

"不管是什么理由，青花菜被留下来是唯一的真实，它比所有的同类幸运，大部分的青花菜没有开花的机会，花苞结成就被采收了，因此，大部分吃青花菜的人没有机会看见这大地上的美丽之花。这片青花菜何其幸运，是同类中仅有的自由花。"

每天做别人心目中希望的人，成熟且没有缺点的人，其实那所谓的成熟且没有缺点的人对于自己而言，就是说着虚伪话语的人，戴着金属面具的人。说到底，就是让自己极其憎厌的人。

我知道，必须选择另一种生活了。不是因为林清玄的一篇文章，而是"青花菜"真的触动了我，因为纷扰的内心多年来一直渴望着一种生活，一种自己想要而不是别人所希望的生活，能守住自己的方寸世界，清宁而悠远的生活。

　　50 岁，中国人知天命的年龄。50 岁之后的时光，通常也就只剩下 20 来年。我算过，也就 5000 多天吧。5000 天有多长？应该就像眼前这海岛的落日，那么快速地陨落，一轮橙红色的光晕尽管无比鲜亮，但没多久就只剩下了地平线边际的绯红，渐渐暗淡，渐渐逝去，最后，彻底陷入了一片漆黑。

　　太阳落下，明天依然会升起；而生命的落日落下，永远都不会再有升起的朝阳，将是永远的黑暗。

　　只有 5000 天了！应该抓住最后那转瞬即逝的生命余期，开启新的生活。因为生命是最公平的机会，对每个人而言只有一次，无论谁都无法拥有后悔的特权与重新来过的机会。

　　这样的我绝不是刻意逃避现实，而是去追求生命的圆满，等到了必须离开这个世界的时候，能幸福而坚定地告诉自己："我的一生没有遗憾。"正如世界上最长寿的法国女子尚妮加蒙 120 岁生日那天说的那样："我要在笑中死去，这是我的计划之一。"

　　我才不管你信不信呢！反正我信！

　　从此，"我和谁都不争，和谁争我都不屑；我双手烤着生命之火取暖，火萎了，我也准备走了。"

涸洲岛上，有一座美丽的灯塔。

灯塔最动人之时，是在有雾的夜里。灯光虽没多么明亮，但仍能在黑暗中刺穿重重迷雾，闪耀坚定光芒。

人生这条船，也要有一盏指引航向的灯塔，才能不惧惊涛骇浪，才不会在黑暗中迷航。这人生的灯塔，就是信仰；信仰指向的地方，就是灵魂的归宿。

凝望着落日中的灯塔，沏一壶洗去满身浮尘的清茶，感觉自己已经重生。我郑重地告诉自己：从现在起，每天都将有新的期待，新的希望，这些"新"将凝成新的生命。

改变是一种人生的态度，与年龄无关。往后余生，唯一要做的，就是忘记年龄，更好地做自己，而不是做更好的自己。在我看来，如同一次"凤凰涅槃"。

埃及神话中的火凤凰生长于阿拉伯无边无际的沙漠之中，这是世界上最美丽的鸟，也是最孤独的鸟。火凤凰每过 500 年要亲自衔来大量的梧桐枝自焚，接受一次烈焰对生命的洗礼，洗礼中，火凤凰可能永远地消失在烈焰中，可一旦在烈焰中重生，将再活 500 年。

余生，以茶为舟

　　"少无适俗韵，性本爱丘山。误落尘网中，一去三十年。"

　　我自认不是什么误落尘网，想当初那也是自己义无反顾地跳入了追名逐利的洪流，谁都拦不住。身为世道中人这几十年，总感觉身不由己，好像是被无奈裹挟着走在了无尽未来的途中。得到的真的就是现在我最想要的吗？这其中，有多少屈辱、惶恐以及为满足欲望而忍受的折磨，只有自己知道，从未对他人提及。

　　岁月不居，时节入流，转眼已近五十。走过了山山水水，经历了风风雨雨，世道中的善与恶、真与伪、美与丑、苦与甜都揣在了囊中，学会专注了，学会坦然了，学会从容了，学会沉默了。余生只想坦然、安静地活着，以茶为舟，把自己漂泊已久的心渡回家。

　　我心中的家，就像杜甫《江村》所写的那般：

　　"清江一曲抱村流，长夏江村事事幽。自去自来梁上燕，相亲相近水中鸥。老妻画纸为棋局，稚子敲针作钓钩。但有故人供禄米，微躯此外更何求？"

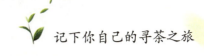

记下你自己的寻茶之旅

记下你自己的寻茶之旅

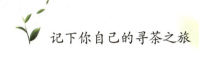

记下你自己的寻茶之旅